Aus Freude am Lesen

btb

Buch
Nach dem großen Erfolg seines Romandebüts »Stadt Land Fluß« legt Christoph Peters einen Erzählband vor: 14 Geschichten, kunstvoll gebaut, perfekt im Stil, klassisch im Ton und präzise in der Beschreibung. Diese messerscharf in Sprache verwandelten Beobachtungen berichten schwebend leicht von den Sehnsüchten und Ängsten der handelnden Personen. Der Titel ist Programm: Die Menschen kommen und gehen, und nur selten finden sie die Heimat, die sie zum Bleiben brauchen. Ob in Deutschland, in Ghana oder Ägypten, sie wünschen sich, wenn nicht in eine andere Haut, dann wenigstens in ein anderes Land. Denn sie sind Reisende, von dem Gefühl der Heimatlosigkeit geprägt und im Grunde ohne festes Ziel.
Kontrapunktisch wechseln sich Geschichten von Seßhaftigkeit und Verwurzelung mit Reisegeschichten ab, ebenso wechseln Perspektive und Erzählhaltung. Da gibt es Stadt- und Landgeschichten, der Okzident wird dem Orient gegenübergestellt. In Peters Erzählungen sind Heimat und Fremde doppelbödiger, untrennbarer Gegensatz geworden. All seinen Figuren gemeinsam ist die Sehnsucht, immer wieder aufzubrechen, die Sehnsucht nach etwas Neuem, die Suche nach einem wirklicheren Leben.

Autor
Christoph Peters wurde 1966 in Kalkar/Niederrhein geboren. Er hat von 1988 bis 1994 an der Staatlichen Akademie der Bildenden Künste in Karlsruhe Malerei studiert. Für seinen Debütroman »Stadt Land Fluß« (1999) erhielt er u.a. den aspekte-Literaturpreis. Christoph Peters lebt heute in Berlin.

Christoph Peters bei btb
Das Tuch aus Nacht. Roman btb-Hardcover (75090)

Christoph Peters

Kommen und gehen, manchmal bleiben

btb

Umwelthinweis:
Alle bedruckten Materialien dieses Taschenbuches
sind chlorfrei und umweltschonend.

btb Taschenbücher erscheinen im Goldmann Verlag,
einem Unternehmen der Verlagsgruppe Random House GmbH.

1. Auflage
Genehmigte Taschenbuchausgabe Dezember 2003
Copyright © 2001 by Frankfurter Verlagsanstalt GmbH,
Frankfurt am Main
Lizenzausgabe mit freundlicher Genehmigung
der Frankfurter Verlagsanstalt
Umschlaggestaltung: Design Team München
Umschlagmotiv: Carsten Wirth
Satz: IBV Satz- und Datentechnik GmbH, Berlin
KR · Herstellung: Augustin Wiesbeck
Made in Germany
ISBN 3-442-73060-0
www.btb-verlag.de

Inhalt

Der Krieg 7

Herzbube 19

Ein Haus aus Haar, aus Plastikplanen 31

Metzinger 41

Zurückkommen 51

Ria und Grete 61

Der Dattelhain 73

Das Mittagessen 87

Gold im Feuer 97

Der Commendatore 107

Die Kirche im Dorf 121

Im Supermarkt 133

Der Melker 139

Die Freiheit der beschriebenen Bögen 149

Der Krieg

für Franz Decker

Wolf bereut bis heute nicht, Agnes Janssen geschlagen zu haben, mit dem Handrücken ins Gesicht, aus einer plötzlichen Drehung der Hüfte heraus, so fest, daß ihre Augenbraue platzte.

Trotzdem nannte er Alphonse gegenüber nicht den wirklichen Grund für seine überstürzte Abreise, mit der er gegen alle Regeln ghanaischer Höflichkeit verstieß. Wolf hatte eigentlich noch mindestens anderthalb Monate in Kumasi bleiben wollen, vielleicht sogar länger. In den Wochen zuvor hatte er sich über nichts beklagt, im Gegenteil. Alphonse fand keine Erklärung für Wolfs Verhalten. Und er schämte sich für seinen ungehobelten Gast.

Seit 50 Millionen Jahren, sagt Wolf, *bestimmt der Kampf zwischen Ameisen und Termiten um Weltherrschaft das Leben auf der Erde. Daran wird sich nichts ändern, solange die Sonne scheint.*

Zusammengenommen haben Ameisen und Termiten eine weitaus größere Biomasse als wir Menschen. Wenn sie uns beachten würden, wären wir nur eine Episode für sie, kaum länger als ein Gewitter in der Regenzeit. Aber vermutlich spielen wir in ihrer Geschichte überhaupt keine Rolle.

Wolf ist Arzt. Kein Wohltäter, der von gerechtem Zorn über das Leid der Welt getrieben wird. Wolf legt sich nicht mit dem Tod an, das hält er für albern. Er saugt hübschen jungen Mädchen im Auftrag ihrer Agenturen den Rest Fett aus Bauch und Oberschenkeln, der im Scheinwerferlicht die falschen Schatten wirft. Seine Spezialität sind vom Stillen oder infolge schwachen Bindegewebes abgesackte Brüste mit heruntergekippten Warzen. Die schneidet er in handliche Tropfenform zurück.

Er verdient so viel Geld, daß er sich alle Annehmlichkeiten leisten kann. Am Wochenende nimmt er oft eine Frau mit nach Hause, manchmal zwei. Die Frauen kommen gern. Wolf ist groß und gut gebaut. Seine Wohnung sieht aus wie die Ärzteappartements im Fernsehen, und zuerst gibt es immer Champagner.

Obwohl Ameisen die weitaus wirkungsvolleren Waffensysteme entwickelt haben, konnten sie sich bis heute keinen entscheidenden Vorteil verschaffen: Dafür sind sie untereinander zu zerstritten. Mit endlosen Vernichtungsfeldzügen halten sie sich gegenseitig klein, Volk gegen Volk, Art gegen Art. Statt sich zusammenzuschließen und die Termiten auszurotten, verschwenden sie ihre Kraft in Bürgerkriegen.

Alphonse stammt aus Ghana. Er hat mit Wolf zusammen in Bonn studiert. Sein Vater ist einer der berühmten Ashanti-Könige mit den sagenhaften Goldschätzen, über die gelegentlich Dokumentarfilme gedreht werden. Jahrhundertelang war die Grausamkeit der Ashanti bei den Nachbarvölkern ebenso berüchtigt wie bei europäischen Kolonialherren. Noch 1984, anläßlich der Bestattung von Alphonses Großvater, wurden zwölf Tote ohne Kopf in den Straßen Kumasis gefunden. Die örtliche Polizei sah allerdings von Strafverfolgung ab, weil ein König Anspruch auf Gefolgschaft hat.

Wolf und Alphonse haben dieselbe Leiche aufgebrochen und sich anschließend mit viel Gin und einigen schwarzen Nutten betrunken. Darüber wuchs zwischen ihnen eine Art

Vertrauen. Wegen seiner hohen Geburt waren Alphonses Einladungen bei den Afrikanerinnen in Bonn sehr begehrt, und auch dem weißen Freund eines Königssohns stand besondere Aufmerksamkeit zu. Wolf mochte das feste Fleisch der Frauen, vor allem aber ihre ungewohnte Warmherzigkeit, die weder einer Geschäftsbeziehung noch der Liebe ähnelte.

Nach der letzten Prüfung schlug Alphonse vor, einige Monate zusammen an der Universitätsklinik von Kumasi zu arbeiten. Nur zum Spaß, und weil sein Onkel dort Chefarzt war.

Wolf zweifelte damals, ob er, ohne das Bedürfnis kranken Menschen zu helfen, Arzt sein könne. Die Zweifel waren nicht bohrend, aber er dachte, der Anblick leibhaftigen Elends würde vielleicht so etwas wie ein Gefühl freisetzen, das wollte er ungern verpassen. Außerdem hatte Afrika ihn lange vor der Freundschaft mit Alphonse interessiert.

Die Termiten haben im Grunde nur eine einzige Strategie entwickelt: die uneinnehmbare Burg.

Als 1963 die neue Landebahn westlich von Dakar in die Savanne gebaut werden sollte, mußten an die 200 Termitenhügel gesprengt werden wie alte Fabrikschlote, so massiv waren ihre Mauern. Da die Sprengmeister jedoch den unterirdischen Teil der Nester vergessen hatten, erhoben sich bereits nach wenigen Tagen wieder zahlreiche Kuppeln, hart wie Beton. Mehrere Tankwagenladungen Insektenvertilgungsmittel waren nötig, um die Baustelle zu räumen.

Selbst den aggressivsten Ameisenarten gelingt es äußerst selten, eine intakte Termitenburg zu erobern.

Während der ersten Woche fühlte Wolf sich matt. Die feuchte Hitze drückte auf seinen Kreislauf, und das Essen war so scharf, daß er meinte, ihm würden die Därme abschnittsweise verätzt. Alphonse machte sich Vorwürfe, weil er seinen Pflichten als Gastgeber nicht nachkommen konnte: Wolf trank nur Tee, und die Mädchen, mit denen Alphonse ihn bekannt machte, rührte er nicht an.

Nach zehn Tagen hatte Wolf sich an die veränderten Bedingungen gewöhnt, und Alphonse stellte ihn seinem Onkel vor. Dr. Latif hatte seinerzeit in Köln studiert. Die Klinik lag am Rande des Campus in einer Art Park, der sich – ursprünglich nach englischem Vorbild angelegt – allmählich wieder in Savanne verwandelte. Das Gras verdorrte, die Sträucher hatten seit Jahren keine Schere gesehen, zwischen den Platanen wuchsen Termitenhügel. Ein hoher Zaun umschloß das Gelände, dahinter begannen Wellblechsiedlungen und verloren sich im Busch.

Dr. Latif teilte Wolf für den Kreißsaal ein. Der zuständige Gynäkologe besuchte gerade seine Familie im Norden. Daß Wolf wenig von Geburtshilfe verstand, störte niemanden, da Mamma Enkeba, eine alte Hebamme, die den Kreißsaal mit absoluter Macht regierte, die Kinder ohnehin lieber eigenhändig zur Welt brachte. Als Wolf zum ersten Mal und sehr vorsichtig zugriff, schob sie ihn weg wie einen Nachttischschrank.

Die Frauen kamen trotz Wehen zu Fuß, legten sich auf eins der acht Betten – schlichte Stahlgestelle mit gummiüberzogener Schaumstoffauflage – und fingen an zu schreien. Sobald sie fertig waren, zogen sie sich an, packten Kind und Sachen zusammen, verbeugten sich vor Wolf, weil er als Arzt die Verantwortung getragen hatte, und gingen nach Hause. Anschließend rief er Quame, der das Blut mit einem Gartenschlauch abspritzte. Wolf lernte zwei Wörter auf Twi, »chiem«: hecheln und »brah«: pressen, um die Frauen bei der Arbeit zu unterstützen. Seine Hauptaufgabe bestand jedoch darin, aufzupassen, daß die Neugeborenen nicht versehentlich von den Pritschen fielen.

Die Welt der Ameisen ist wunderbar kalt. Es gibt keine Empfindungen, nur Programme. Dabei sind sie zu vollkom-

mener Opferbereitschaft fähig. Allerdings ohne die verrückte Hoffnung auf Heldentod oder Märtyrerkrone.

Bei den Arbeiterinnen einer bestimmten Campotonus-Art ist der ganze Körper ein einziger chemischer Sprengsatz. Wenn die Gefechtslage kritisch wird, bringen sie sich durch einen heftigen Ruck der Bauchmuskulatur selbst zur Explosion. Eine große Menge Gift geht dann über dem Schlachtfeld nieder und tötet zahlreiche Feinde.

Nachdem er bereits vier Wochen lang Neugeborene bewacht hatte, entdeckte Wolf die seltsamen Früchte während einer ausgedehnten Mittagspause. Sie hingen von einem Baum jenseits des Zauns in den Park, erinnerten aus der Ferne an Äpfel, von nahem eher an Artischocken. Ein ganzer Ast Blätter war mit hauchfeinen Fäden zu einer Kugel vernäht beziehungsweise verklebt worden, an einigen Stellen wurde der Bau erweitert.

Wolf liebte Ameisen, unter anderem ihretwegen war er nach Ghana gekommen.

Doch das erste, was Agnes Janssen sagte, war: »Das ist nichts Besonderes, die Dinger gibt es hier überall.«

Er hatte ihr Kommen gar nicht bemerkt.

»Dadurch werden sie ja nicht weniger interessant«, antwortete Wolf und nahm einen Stock vom Boden. Erstens, weil er sich ärgerte, zweitens, weil er ihr etwas demonstrieren wollte, schlug er eines der Nester herunter, öffnete es ebenso rücksichtslos wie behutsam und schaute sich die straff organisierte Evakuierung eines Volkes an, das in Kürze ausgelöscht sein würde.

»Ich bin Agnes.«

Er hatte verschiedentlich von ihr gehört: Agnes Janssen lebte seit drei Jahren hier und arbeitete als Ärztin für irgendeine wohltätige Organisation. Zeitweise half sie in der Klinik, hauptsächlich fuhr sie jedoch über die Dörfer, um ein Minimum an medizinischer Versorgung aufrechtzuerhalten.

Die Leute glaubten nicht, daß Spritzen und Pillen wirklich gesund machten. Sie zogen die Rituale der Zauberer vor, bis es zu spät war oder zumindest kritisch. Alle sprachen sehr respektvoll von ihr, *very good woman*. Und dann fingen die Männer plötzlich an zu kichern.

Wolf vermutete deshalb zunächst, daß Agnes Janssen selbst für hiesige Verhältnisse außerordentlich viele Liebhaber hatte und dabei Praktiken bevorzugte, die sonst nicht üblich waren. Doch als sie jetzt vor ihm stand, sehr schmal und mit den entschlossenen Zügen derer, die Überzeugungen haben, war er sicher, daß sie im Gegenteil nie mit Afrikanern schlief, daß sie es sich vermutlich lieber selbst schenkte, nachts, wenn kein Mond schien, allein in ihrem Jeep. – Vielleicht hatte sie irgendwann jemand dabei beobachtet.

Als er Agnes sah, merkte Wolf auch, daß die Freizügigkeit der schwarzen Frauen, die er vor einer Woche noch als paradiesische Unschuld bewundert hatte, anfing, ihn zu langweilen.

Auf jede Königin, die einen Staat gründet, kommen Tausende, die bei dem Versuch scheitern.

Während der Fortpflanzungsperiode bringen erfolgreiche Kolonien massenweise unbegattete Königinnen hervor, die in den Himmel steigen und davonfliegen, um Paarungspartner aus anderen Völkern zu suchen. Die meisten werden nach kurzer Zeit gefressen, fallen ins Wasser oder finden einfach niemanden und sterben ab. Wenn eine junge Königin tatsächlich begattet worden ist – im Flug, das erste und letzte Mal in ihrem Leben –, bricht sie ihre vertrockneten Flügel ab und schaut sich nach einer geeigneten Stelle für ihr Nest um. Doch die Chancen stehen nach wie vor schlecht. Sie wird von Räubern aufgespürt, von unachtsamen Füßen zertreten, ertrinkt in Pfützen oder verbrennt in Buschfeuern, ehe sie sich eingegraben hat.

Agnes hätte wahrscheinlich keinen Grund nennen können, weshalb sie sich auf Wolf einließ. Vielleicht witterte sie einen Zusammenhang zwischen seiner konservativen Art von Lasterhaftigkeit und ihrem altmodischen Glauben an das Gute. Vielleicht fand sie es auch einfach nur angenehm, deutsch zu sprechen. Jedenfalls fragte sie ihn, ob er sie auf ihrer nächsten Tour begleiten wolle. Wolf hielt sich auf der Geburtshilfestation für entbehrlich und das Leben für eine Versuchsreihe mit unterschiedlichen Anordnungen: Buschdoktor habe er schon als Kind werden wollen, sagte er, hauptsächlich allerdings, um nach Feierabend Löwen zu schießen und Katherine Hepburn zu küssen. – Agnes verdrehte entnervt die Augen, lachte aber trotzdem. Es war auch unwichtig, ob sie Wolf mochte oder nicht. Mit dem Skalpell konnte er Sachen, die sie niemals gewagt hätte. Wegen der Kranken brauchte sie jemanden mit seinem Geschick.

Zuerst stürmten immer die Kinder den Wagen und wollten Geschenke. Danach mußte der Chief ordnungsgemäß begrüßt werden. Bei lauwarmem Gin für Wolf und den Chief, Kaffee für Agnes, wurden Höflichkeiten und Nachrichten getauscht, damit sich weder Bakterien noch Argwohn verbreiten konnten. Trotzdem hing manchmal der Zorn des örtlichen Medizinmanns schwarz wie ein Unwetter in der Luft. Wolf spürte die Bedrohung deutlich; Agnes litt höchstens unter Kopfschmerzen. Aber für Diagnosen und Medikamente war sie zuständig. Sie hörte sich bereitwillig endlose Krankengeschichten an, die bei Großmüttern begannen und mit Flüchen endeten, nickte mitfühlend, während Wolf gutgelaunt Abszesse und faulende Wunden herausschnitt und dieselbe Flasche, aus der er eben noch eingeschenkt bekommen hatte, für die Betäubung des Patienten anforderte.

Unterwegs, wenn die Piste gut genug für Gespräche war,

unterhielten sie sich über Ameisenstaaten, Malariabekämpfung oder die Rolle der Ashanti beim Sklavenexport.

Er wagte nicht, sie anzufassen, nahm statt dessen die Dorfschönen, weil es sie gab. Agnes übernachtete abseits der Hütten im Wagen.

Einmal fragte sie ihn: »Hast du eigentlich keine Angst dabei?«

»Wozu?« sagte Wolf. »Der Tod ist doch sicher, oder?«

Ein Treiberameisenvolk kann aus zwanzig Millionen Tieren bestehen, ihre Marschkolonnen sind Hunderte von Metern lang und an der Front zwanzig Meter breit. In der Mitte befindet sich der Troß aus Arbeiterinnen, Larven sowie die Königin samt Hofstaat, Soldaten mit mächtigen Kiefern decken die Flanken. Alles, was lebt und nicht flüchtet, wird bis auf die Knochen gefressen. Ein angepflockter Ochse ebenso wie ein schlafendes Krokodil. Manchmal fällt ihnen auch ein unbeaufsichtigter Säugling zum Opfer. Nimmt das Heer Kurs auf ein Dorf, bleibt den Bewohnern nichts anderes übrig, als Hütten und Ställe zu räumen und in gehörigem Abstand zu warten, bis die Ameisen weiterziehen.

Sie kehrten nach anderthalb Wochen zurück. Wolf stand wieder den Gebärenden bei, und Agnes erklärte sich bereit, für einige Zeit die Innere Ambulanz zu übernehmen. Er glaubte, daß sie diesmal gerne länger in Kumasi blieb – seinetwegen. Sie schaute sehr oft mittags bei ihm im Garten vorbei, setzte sich eine Weile dazu, hielt aber immer so viel Abstand, daß es nicht einmal zu einer zufälligen Berührung kam. Wolfs Abendeinladungen schlug sie konsequent aus.

Er zeigte ihr, wie die großen schwarzen Ameisen des Parks einen toten Vogel skelettierten. Wolf bezweifelte, daß es sich tatsächlich um Treiberameisen handelte. Wenn, dann mußte es ein sehr junges Volk sein oder eine weniger spektakuläre Art.

Am nächsten Tag sagte er zu ihr: »Ich fange jetzt einen Krieg an.«

Er stand auf, ging zu der kleinen Baustelle, wo Sand und Geräte für die Erneuerung der Abflußrinnen lagen, nahm sich eine Spitzhacke, holte weit aus und schlug knapp oberhalb der Erde ein Loch in den nächstbesten Termitenhügel.

»Wußtest du, daß die Kriegstrommeln der Ashanti noch im 19. Jahrhundert mit Menschenhaut bespannt und mit Menschenknochen verziert waren?«

Zunächst geschah nichts. Oder fast nichts. Einzelne Termiten begutachteten den Schaden und zogen sich zurück. Nach drei, vier Minuten gingen die ersten Soldaten in Stellung, während bereits ein schmaler dunkler Rand in der Öffnung sichtbar wurde. Die Soldaten schimmerten gelblichweiß und feucht, ihre schwarzen Kiefer wirkten bedrohlich. Immer größere Mengen strömten aus und schirmten den Platz vor dem Loch weiträumig ab. Wolf sah eine seiner Ameisen, dreimal so groß wie die Termitenkrieger, über die Betonrinne in das Gebiet jenseits des Zauns davonlaufen. Sah zwei weitere, die Informationen tauschten und ebenfalls verschwanden. Offenbar führte der Kanal zu ihrem Bau. Ein sonderbarer Geruch verwehte über der Ebene, für Menschen unverständlich. Andere Späher näherten sich, wurden in kurze Rangeleien verwickelt, aber sie wollten nicht kämpfen, noch nicht. Inzwischen waren Hunderte Termiten aufmarschiert, lose Verbände, die in einem Halbrund um die Bruchstelle aufgeregt hin und her liefen, auf das Schlimmste gefaßt. In der Rinne setzten die Späher entgegenkommende Jäger in Kenntnis. Bis jetzt waren es einzelne. Zwei griffen sich einen Termitensoldaten, der zu weit vor den eigenen Linien operierte, und rissen ihn in Stücke. Er war der erste Gefallene. Eine schleppte den Hinterleib weg, die andere verhakte sich mit Vorderbeinen und Mundwerkzeugen in den nächsten. Er hielt stand. Sie warfen sich hin und her, Staub wirbelte auf. Die Ameise war stärker, konnte ihren Gegner aber weder abschütteln noch töten, bis eine weitere von der Seite zu Hilfe kam. Sie setzte ihre Zangen knapp unterhalb der Brust an und schnitt das Opfer in der Mitte durch. Wolf meinte, das Knirschen des Körpers zu hören. Die Strategie war Jahrtausende alt: Eine verkrallte sich in den Gegner, die nächste biß ihn entzwei. Inzwischen war die Nachricht von der Schlacht bis in den Ameisenbau gelangt. Ständig trafen neue Jäger ein. Nicht alle kämpften. Ein Teil sammelte die Termitenleiber und transportierte sie durch die Rinne ab. Ein schwarzer Zug mit weißen Beutehälften. Die Termiten halfen einander nicht, jede starb für sich. Aber dafür waren sie unendlich viele. Ein lebender Schutzwall. Jeder Soldat mußte einzeln ausgeschaltet werden, und auf jede Ameise kamen vierzig, fünfzig Termiten. Solange sie nachrückten, die Toten ersetzten, konnten die Ameisen den Bau nicht stürmen, solange bestand Hoffnung, daß König und Königin überleben, daß ihr Staat nicht zugrunde gehen würde. Boten rannten ständig zwischen Schlachtfeld und Burg hin und her, um Verstärkung anzufordern. Noch reichten die Reserven. Und das Loch schloß sich langsam. Vielleicht auch zu langsam. Zahllose zerstückelte Termitenkadaver lagen mittlerweile auf dem Platz, aber Wolf entdeckte nicht einmal eine verwundete Ameise.

Agnes sah niedliche Tierchen hektisch durcheinanderkrabbeln, sagte ernsthaft: »Was für ein Gewusel, sieht irgendwie lustig aus, findest du nicht?« Und lachte.

»Immerhin haben sie etwas, für das sie leben, sterben und töten können.«

Sie opferten sich, ohne zu zögern, das war ihre Aufgabe, dazu waren sie geboren, aufgezogen und bis heute durchgefüttert worden. Das einzelne Leben galt nichts. Von Anfang an hatte es sie nur gegeben, damit sie eines Tages massenhaft für ihren Staat starben. Alle auf dieselbe Art. Wolf fragte sich, ob es ein Duftmolekül für Angst gab.

»Ach wie goldig«, sagte Agnes und lächelte, als streichele sie ein Meerschweinchen.

Dann sah sie plötzlich etwas Hartes auf sich zufliegen, das sie nicht kannte. Zu schnell, um noch auszuweichen. Eine Lichtkugel explodierte unmittelbar vor ihrem Gesicht. Sie spürte keinen Schmerz. Einen Moment später tropfte es warm und dunkel an ihrem Auge vorbei. Da war Wolf schon einige Meter weit weg. Sein Rücken verschwamm in einem Rotschleier, entfernte sich springend, wie der bleiche Held in einem beschädigten Stummfilm. War hinter dem Klinikgebäude verschwunden, ohne den Ausgang der Schlacht zu kennen.

Tags darauf verabschiedete Wolf sich von Alphonse. Noch in der Nacht fuhr er mit dem Taxi zum Flughafen nach Accra, obwohl er nicht wußte, wann er dort wegkommen würde. Er hatte Glück beziehungsweise genug Dollars, um dem Glück auf die Sprünge zu helfen: Am selben Abend ging eine Maschine nach Paris, in der wider Erwarten ein Platz für ihn frei wurde. Morgens nahm er den ersten Zug Richtung Bonn.

Herzbube

»Heutzutage ist es einfach lächerlich, den Himmel zu bemühen«, dachte Kreutz angesichts der zerknitterten Zeitung auf dem Sitz gegenüber, deren erste Seite vier Photographien des Jahrhundertkometen *Sonderborg* zeigte, drei kleine, eine große, und darüber aller Welt die fette rote Frage stellte: *WAS WIRD ER BRINGEN?*

»Der Himmel ist so leer, daß er nicht einmal mehr als Metapher taugt, geschweige denn als Ursache.«

Trotzdem nahm sich Kreutz das Blatt, nachdem er sichergestellt hatte, daß ihn niemand beobachtete, wobei er übertrieben verächtlich den Mund verzog, und erfuhr daraus, was die Welt, das Land und ihn persönlich während der kommenden Wochen an Schicksal erwartete. Im selben Moment sah er aus der Schwärze einer längst vergangenen Nacht für Sekundenbruchteile vier feindliche Schneebälle auf sich niedersausen – zu spät, um noch auszuweichen. Sie trafen ihn hart am Kopf. Kreutz hörte ein fernes Gelächter und schmeckte Zorn wie sein eigenes Blut aus der geplatzten Lippe. Er warf einen kurzen Blick auf das Spiegelbild im Fenster, um zu prüfen, ob sein Schal die grün-weiß gestreifte Firmenkrawatte auch vollständig bedeckte.

Im Prinzip, so war zu lesen, flog *Sonderborg* in sicherer Entfernung an der Erde vorbei. Dennoch ging die berühmte Astrologin Isabelle Dewasne davon aus, daß es in seiner

Folge weltweit vermehrt zu Vulkanausbrüchen, Erdbeben und Überschwemmungen kommen würde. Andererseits – behauptete ein Psychologe, den Kreutz nicht kannte – hätten Kometen auf das Gefühlsleben eine stark stimulierende Wirkung, was schon der Antike und den alten Chinesen bekannt gewesen sei. Manchmal – wußte ein amerikanischer Jesuit und Esoterikexperte – zeigten sie auch die Geburt bedeutender Menschen an: Man denke an die Weisen aus dem Morgenland, die dem sogenannten Stern von Bethlehem gefolgt seien, bei dem es sich mit an Sicherheit grenzender Wahrscheinlichkeit um einen Kometen gehandelt habe.

Kreutz schüttelte den Kopf, lachte bitter, vergaß darüber beinahe die Kränkungen der vergangenen achteinhalb Stunden und daß er einen schlecht geschnittenen dunkelblauen Anzug trug, der zu hundert Prozent aus Polyacryl bestand. Glücklicherweise lebte er in einer großen Stadt, so daß man nicht jeden Tag dieselben Leute in der U-Bahn traf, die einen womöglich eines Morgens zu grüßen anfingen.

Doktor Harald Kreutz war Germanist, siebenunddreißig Jahre alt und hätte es längst zum Lehrstuhlinhaber gebracht, wäre ihm nicht jede Möglichkeit beruflichen Fortkommens, die andere als seine fachlichen Fähigkeiten in Betracht zog, zuwider gewesen. Im Oberseminar hatte er sich geweigert, an den geselligen Abenden in der Privatwohnung von Professor Hartmann teilzunehmen, weil er weder Rotwein trinken noch Betrunkene ertragen konnte. Als Hartmann ihm vorschlug, die naturwissenschaftlichen Hintergründe des Gedichtzyklus *Windfracht* von Gotthold Braun, dessen kommentierte Gesamtausgabe er gerade vorbereitete, zum Thema einer Dissertation zu machen und ihm dafür sogar eine Assistentenstelle anbot, lehnte Kreutz dankend ab: Er beschäftige sich bereits seit längerem mit der Frage, ob sich die Erkenntnisse der neueren Hirnforschung mit ungelösten Problemen der Romantheorie verknüpfen ließen, und darüber wolle er auch schreiben. Seine Promotion mußte Kreutz deshalb selbst finanzieren, indem er halbtags Konzepte für ein Marktforschungsinstitut entwickelte. Das Unternehmen hätte ihn gerne fest eingestellt, zu einem sehr annehmbaren Gehalt, aber Kreutz sah plötzlich mit Entsetzen, daß das Geld dicke Brüste und einen prallen Hintern bekam, und verabschiedete sich. Trotz der widrigen Umstände wurde seine Arbeit mit dem Preis für die beste Promotion des Jahres 1996 ausgezeichnet, was jedoch keinen Professor des Fachbereichs veranlaßte, ihn als wissenschaftlichen Mitarbeiter anzuwerben. Mit dem Festakt spuckte die Universität Kreutz aus wie einen abgenagten Kirschkern, so daß er trotz äußerster Sparsamkeit fünf Monate später erneut nicht wußte, wovon er seinen Lebensunterhalt bestreiten sollte. Allerdings war er keinesfalls bereit, die Aufgaben, denen er sich verschrieben hatte, zu verraten, sondern beschloß, seine ohnehin geringen Bedürfnisse weiter einzuschränken und eine Tätigkeit zu finden, neben der es ihm möglich sein würde, unbehelligt zu forschen. Wenige Tage später las er unter den Stellenausschreibungen der *Allgemeinen Zeitung* eine Anzeige der Flughafengesellschaft, die zuverlässige Mitarbeiter mit abgeschlossener Berufsausbildung oder Abitur suchte, um die vom Gesetzgeber vorgeschriebenen Passagierkontrollen durchzuführen. Er schickte seine Unterlagen und wurde, nachdem er ein mehrstufiges Bewerbungsverfahren sowie eine vierwöchige Schulung durchlaufen hatte, zum *Luftsicherheitsbeauftragten der Bundesrepublik Deutschland* ernannt. Das lag dreieinhalb Jahre zurück. Seitdem gehörte Kreutz zu denen, die Männern unabhängig von Herkunft, Bildung oder Einkommen unter die Achseln und ans Gesäß griffen, Lippenstifte, Schminkspiegel und Armreifen aus Damenhandtaschen zutage förderten, um so Millionen unschuldiger Reisender vor der Skrupellosigkeit einzelner zu schützen. Dabei trug er eine Uniform mit hellgrünem Dienstausweis am Revers, damit die, die er schützte, sich ordnungsgemäß über ihn beschweren konnten. Die meisten seiner Kollegen vermuteten, daß jemand *mit Doktor* schon ein Riesenidiot sein müsse, wenn er hier sein Geld verdiente, und behandelten ihn dementsprechend. Seine Vorgesetzten hingegen hielten ihn für gefährlich, da sie sich nicht vorstellen konnten, daß ein geistig gesunder Mensch andere Ziele als die nächsthöhere Gehaltsstufe verfolgte. Da Kreutz – der einzige Promovierte in der ganzen Abteilung – keinerlei Verhaltensauffälligkeiten zeigte, mußte er es auf ihre Positionen abgesehen haben und wurde besonders genau beobachtet. Doch Kreutz nahm alle Gemeinheiten und Schikanen ohne erkennbare Regung hin, denn seine Habilitationsschrift machte gute Fortschritte.

Kreutz ließ die Zeitung samt *Sonderborg* beim Umsteigen liegen. Da er zwanzig Minuten auf die U-Bahn, die ihn nach Hause bringen würde, warten mußte, nahm er die Rolltreppen aus dem Untergrund in den oberirdischen Teil des Bahnhofs, um einen flüchtigen Blick zum Himmel zu werfen. Vermutlich konnte man ohnehin nichts erkennen. Vor ihm stand eine junge Frau. Sie trug ein kurzes, enganliegendes Baumwollkleid über halbhohen Stiefeln sowie eine orangefarbene Lederjacke. Kreutz bemerkte, daß sie ungewöhnlich schöne Kniekehlen hatte. Ihr Haar wurde fast vollständig von einer schlichten Pelzmütze bedeckt, obwohl der April in vier Tagen zu Ende ging. Der Frühling war ungewöhnlich kalt dieses Jahr, auch Kreutz entschied sich meist für Mantel und Schal. Oben angelangt, sah er wegen tiefhängender Wolken, die zwei Drittel des Funkturms schluckten, keinen einzigen Stern, geschweige denn einen Jahrhundertkometen, verbarg seine Enttäuschung jedoch hinter gespielter Nachdenklichkeit, denn die Frau schaute ihn jetzt unverwandt an. Ihre Augen waren so schwarz, daß Kreutz sie für einen Moment mit dem klaren Nachthimmel, auf den er gehofft hatte, verwechselte und beinahe das Gleichgewicht verlor. Er fragte sich, weshalb sie ein abgegriffenes Kartenspiel in der Hand hielt. Im Grunde interessierte *Sonderborg* ihn nicht. Sie stand vor dem Fahrplan, als suche sie eine bestimmte Verbindung. Ihr Blick sprang zwischen dem Schienennetz, Kreutz' Gesicht und den Karten hin und her, die sie atemberaubend schnell nach einem offenbar sehr strengen System ordnete, das Kreutz nicht begriff. Wenige Schritte entfernt führten drei alte Frauen, denen große Mengen gefaßter Goldmünzen von den Ohren und um die Hälse hingen, ein ernstes Gespräch in einer fremden, vermutlich slawischen Sprache. Sie beachteten die Frau mit den Karten so demonstrativ nicht, daß Kreutz der Verdacht kam, dahinter stecke eine Absprache, vielleicht sogar ein Komplott, und das habe mit ihm zu tun. Er verwarf den Gedanken jedoch sofort, da niemand auch nur hätte ahnen können, daß er an genau diesem Abend gegen zwanzig nach zehn auf genau diesem Bahnsteig stehen würde, um einen Kometen zu sehen, der keine Bedeutung hatte. Bis vor wenigen Minuten hatte er es selbst nicht gewußt, und mit Ausnahme von heute war er nach der Spätschicht immer gleich aus der Station der Linie 8 zur Station der Linie 5 gegangen, hatte während der Wartezeit gelesen wie zuvor schon im Zug, denn das Leben war kurz und mit der letzten Seite jedes Buchs wuchs die Zahl der offenen Fragen weiter. Kreutz setzte sich, wissend, daß damit die nächste Bahn ohne ihn fuhr. Die bunten, aus dicker Wolle gewebten Kopftücher der drei Alten paßten zu ihren billigen Anoraks wie Senf auf Schokolade. Er wollte sehen, ob sie sich mit der Jungen verständigten, wenigstens über Blicke, was natürlich nicht geschehen würde, wenn er es nicht merken sollte. Sie hatte ihre Verbindung inzwischen gefunden und wanderte jetzt auf und ab, ohne Kreutz aus den Augen zu verlieren. Er vermutete, daß sie eine Art Patience spielte und sich die Reihenfolgen der verschiedenen Kartenstapel mit Hilfe ihres photographischen Gedächtnisses einfach merkte. Kreutz dachte: »Es gibt Leute, die ganze Schachpartien allein und ohne Brett spielen können, warum soll eine hochbegabte junge Frau sich ihre Patiencen nicht auf *einen* Stapel in die Hand legen?«

Als er den Gedanken zu Ende gedacht hatte und erneut nach ihr schaute, war sie verschwunden. Die drei Alten kicherten. Kreutz fand die Situation, in die er sich eines albernen Kometen wegen gebracht hatte, äußerst peinlich, stand hastig auf, rannte fast zur Rolltreppe, wobei er sich bewußt nicht umdrehte, und fuhr in den Untergrund zurück. Obwohl er volle zwanzig Minuten auf seine Bahn warten mußte, las er nicht.

Nachdem er in seiner Wohnung angekommen war, ging er die Bücherregale entlang und suchte nach Materialien über die Kunst des Kartenlegens, Tarot oder ähnlichen Unfug, fand aber lediglich den Roman *Dame ohne Herz* des äußerst dubiosen Kolumbianers Federico Escriva, in dem eine rachsüchtige Mestizin mit Hilfe eines sehr alten spanischen Blatts, das einer ihrer Vorfahren bei einem gefallenen Konquistadoren gefunden hatte, den üblichen südamerikanischen Zauber veranstaltete.

Kreutz schlief unruhig in dieser Nacht. Er stolperte durch ein giftgrün gekacheltes Tunnelsystem ihrem schwarzen Blick entgegen, der ihn vom Ende eines jeden Ganges anschaute. Doch sobald er glaubte, ihn erreicht zu haben, und Anlauf nahm, um hineinzuspringen, wie man kopfüber in einen Sommersee springt, zerfielen die Augen zu Katzengoldstaub, und Kreutz starrte ratlos in das leere Dunkel des U-Bahn-Schachts.

Am nächsten Morgen erwachte er mit einem vollständig anderen Gefühl als nach Träumen. Sie hatte ihn wirklich angeschaut während der Nacht, was natürlich nicht sein konnte, seine Wohnung lag im dritten Stock, und die Tür war abgeschlossen. Vergeblich versuchte er sich auf *Das Ich und sein Gehirn* zu konzentrieren.

»Du bist schön«, flüsterte Kreutz, damit sie es nicht hörte.

Möglich, daß sie mit den Karten magische Rituale praktizierte, doch die hatten höchstens Wirkung auf Leute, die daran glaubten, und zu denen zählte er nicht. Allerdings war sein Herz gestern auf dem Bahnsteig stehengeblieben, als ihn ihr Blick ohne Scheu traf, und er hatte sich trotzdem nicht abgewandt. – Vermutlich war sie einfach eine großartige Gedächtnisartistin, deren Kunst ihn beim bloßen Zusehen vollkommen in ihren Bann schlug, obwohl er nicht im mindesten begriff, was sie tat. Außerdem beschäftigten ihn derartige Phänomene im Zusammenhang mit seiner Habilitation.

Als Kreutz um halb zwölf die Dienstkleider anzog – um zwölf fuhr seine U-Bahn –, war durch die Augen einer wildfremden jungen Frau, mit der er kein einziges Wort gewechselt hatte, der dunkle Bodensatz vom Grund seines Denkens aufgewirbelt worden, so daß alle Überlegungen – auch die wissenschaftlichen – in einer trüben braunen Brühe schwammen, in der er nichts mehr erkennen konnte.

Am Flughafen herrschte wenig Betrieb. Es war Dienstag, weder hatten gerade Ferien begonnen, noch ging eine wichtige Messe zu Ende, so daß Kreutz den größten Teil der Zeit mit seinen Lieblingskolleginnen Rosi und Frieda neben dem Röntgengerät stand und auf Passagiere wartete. Beide hatten *Sonderborg* bereits gesehen und waren tief beeindruckt. Seine Kraft machte sich bei Friedas Mann schon deutlich bemerkbar. Kreutz traute sich nicht, sie nach den Geheimnissen des Kartenlesens zu fragen. Rosi und Frieda verwechselten seine stille Abwesenheit mit aufmerksamem Zuhören, da sie schweigende Männer weder als Kollegen noch als Gatten gewohnt waren. Kreutz erwischte sich bei dem Gedanken, daß er die Zeit zwischen seinen beiden U-Bahnen nutzen könnte, um zu schauen, wie das Wetter, der Sternenhimmel, ob *Sonderborg* – ob sie da oben war und den Lauf der Welt beeinflußte oder eine Patience legte. Er schüttelte den Kopf über sich und knurrte, woraufhin ihn der Mann mit dem Muster aus goldumrankten Medusenhäuptern auf der Krawatte, den er gerade abtastete, anfuhr, das seien Maßschuhe, die hätten aluminiumverstärkte Sohlen und genagelte Absätze, doch davon habe er wahrscheinlich nie etwas gehört bei seinem Niveau. Kreutz lächelte schuldbewußt, sagte: »Danke, das war's, angenehmen Flug auch«, und verschob die Entscheidung auf später. Als er um kurz nach halb zehn in den Bus stieg, wußte Kreutz, daß er direkt zu seinem Gleis gehen würde. Fünfundzwanzig Minuten später, in der U8, dachte er, daß die Zeit davon auch nicht schneller lief. Schließlich, beim Anblick der Rolltreppe, fiel ihm ein, daß er hinauffahren könnte, vielleicht hatte noch ein Kiosk geöffnet, an dem er eine Zeitung bekam. Und da er es jetzt schon bis hierher geschafft hatte, alle Geschäfte geschlossen waren, er außerdem seit über zehn Stunden keine frische Luft mehr geatmet hatte, nahm er die Rolltreppe zum S-Bahnsteig, unterdrückte jedoch im letzten Moment den Impuls zu pfeifen.

Zuerst sah er ihre Mütze von hinten, und lediglich seine Angst, sich vollends lächerlich zu machen, verhinderte in diesem Moment, daß Kreutz die Treppe in Gegenrichtung wieder herunterrannte. Dann war es zu spät, denn sie entdeckte ihn, und dabei zuckten ihre Mundwinkel wie zu einem Lachen, und die Karten flogen noch schneller durch ihre Finger als gestern. Kreutz ging geradewegs auf den Fahrplan zu, stemmte die Hände in die Hüften und ließ seine Augen der Linie S 7 von der ersten bis zur letzten Station folgen, wobei er mit den Lippen die Namen der einzelnen Haltestellen formte, als versuche er mühsam, sich an den Weg zum Haus einer alten Tante zu erinnern, der ihm zwischenzeitlich entfallen war. Nachdem er die ganze Strecke dreimal aufgesagt hatte und immer noch nicht wußte, was er tun sollte, nickte Kreutz verständig und setzte sich auf die leere Bank. Die nächste S 7 fuhr erst in dreiundzwanzig Minuten.

Heute trug sie eine kurze beige Tweedjacke über einem knappen Rock aus dickem grau-violett kariertem Wollstoff und arbeitete offenbar an der Auflösung besonders schwieriger Kartenreihen, jedenfalls wirkte sie so vertieft, daß Kreutz gar nicht auffiel, wie sie immer näher kam. Und auf einmal saß sie neben ihm. Zum ersten Mal in seinem Leben beneidete Kreutz Leute, die rauchten. Das Kartenspiel war so abgegriffen, daß Kreutz beschloß, gleich morgen früh ein neues, oder besser zwei, drei, für sie zu kaufen. Er lehnte sich zurück, schaute gelangweilt ins Hallendach – ein Wartender eben –, fürchtete plötzlich die Tauben dort oben, während er aus den Augenwinkeln ihr Spiel beobachtete, dessen Regeln er immer noch nicht begriff, sah dann, daß es von einem nagelneuen Herzbuben beherrscht wurde, und erschreckte sich zu Tode. Im selben Moment fiel ihm ein, daß er völlig vergessen hatte, nach den drei Alten zu schauen. Sie legte die speckige Kreuzsieben ab, das verdreckte Pikas, den zerknitterten Karobuben, holte die schmutzige Herzacht, die ausgebleichte Kreuzzwei und die fleckige Pikdame hervor, doch den strahlendschönen Herzbuben behielt sie in der Hand, unabhängig von allen sonstigen Konstellationen. Kreutz wagte kaum zu atmen. Als nach einer Ewigkeit, die im Flug verging, die S 7 hielt, stieg Kreutz ein, weil er keine andere Möglichkeit gefunden hatte, diesen Ort ohne den Verlust seines Gesichts zu verlassen. Er würde am Ostbahnhof wieder aussteigen und von dort nach Hause laufen, das dauerte eine Viertelstunde. In der Tür drehte er sich um und war sicher, daß der Spott um ihren Mund ihm galt.

Entgegen seiner sonstigen Gewohnheit trank Kreutz, nachdem er das blaue Jackett abgelegt, die Krawatte gelöst hatte, einen doppelten Cognac. Die Flasche war ein Gastgeschenk seines Kollegen Scholz gewesen, der befürchtet hatte, sonst höchstens Tee angeboten zu bekommen. Der Schnaps wärmte ihn von innen wie sonst nur ein Gedanke.

Mitten in der Nacht saß Kreutz plötzlich hellwach und senkrecht im Bett: Unmittelbar neben ihm hatte eine vertraute Stimme seinen Namen gerufen. So klar und deutlich wie jemand, der einen ohne Zweifel erkannt hat und sicher ist, daß damit etwas Ungeheures beginnt. Er wußte, daß es ihre Stimme war, obwohl er sie noch nie gehört hatte. Er schaute auf die Uhr, als bedürfe er eines Beweises, es war Punkt vier, weder fünf nach noch fünf vor, und es schien kein Mond durchs Fenster.

Am Morgen konnte Kreutz weder essen noch lesen. Er fuhr früh zum Flughafen, in der Hoffnung, so den Tag zu beschleunigen.

Bei Dienstbeginn rief ihn der Einsatzleiter Waller ins Büro und sagte, er wolle nicht lange um den heißen Brei herumreden, mehrere Kolleginnen hätten sich über seinen furchtbaren Mundgeruch beschwert, ob er nicht Pastillen lutschen könne, wegen der Passagiere, die schließlich Kunden seien, was konkret bedeute, wir alle lebten von deren Geld, und deshalb hätten die Leute Anspruch auf guten Service – Hustenbonbons zum Beispiel.

Kreutz spürte seine Wangen glühen, stammelte etwas von empfindlichem Magen, das täte ihm leid, natürlich kaufe er Pfefferminz, gleich in der Pause schon.

»Du hast mich bei meinem Namen gerufen«, dachte Kreutz auf dem Weg zur Kontrollstelle und lächelte, »du hältst mich in deiner Hand.«

Weil er nicht wußte, welche seiner Kolleginnen ihn verraten hatte, würde er in Zukunft keiner mehr trauen, ließ es sich aber nicht anmerken. Sein Herz war weit. Unter anderen Umständen wäre es ein furchtbarer Tag gewesen.

Sie saß auf demselben Platz wie am Abend zuvor und sortierte ihr Blatt. Als sie ihn kommen sah, nickte sie kurz, wie man einem alten Bekannten zunickt, der ins gemeinsame Stammlokal tritt. Er setzte sich neben sie und fragte sich, ob sie seit gestern überhaupt aufgestanden war. Der Herzbube hatte seine Jugend inzwischen verloren. Sie mußte ununterbrochen gespielt haben. Da Kreutz nicht nach Zeitungen geschaut hatte, blieben ihm heute fünfundzwanzig Minuten, bis die S 7 einfuhr, aber letztlich spielte auch das keine Rolle mehr. Er schaute ihr zu, sie lächelte ihn zwischen zwei Karten von der Seite an, es gab keinen Grund, etwas zu sagen. So saßen sie lange, und Kreutz vergaß, wer er gewesen war, was er gemacht hatte, all die schrecklichen Jahre zuvor.

Dann nahm sie plötzlich seine Hand, zog ihn ruckartig hoch und führte ihn zum äußersten Ende des Bahnsteigs, wo das Hallendach den Himmel nicht mehr bedeckte. Es war sternenklar, die Lichter der Stadt verblaßten. Kreutz' Augen folgten der Linie ihres Arms, des Zeigefingers ins Endlose: Dort oben war *Sonderborg*, ein Schneeball, der vom anderen Ende der Milchstraße kam und herabfiel. Kreutz sah, wie er sich mit rasender Geschwindigkeit näherte, immer heller wurde, unerträglich fast, vollkommen schön, er spürte ihren Griff, der ihn zog, entschieden, aber ohne Gewalt.

Kreutz wurde leicht wie ein Kirschblütenblatt und

schwer wie frisch gepflügte Erde, und vor ihm breitete sich ein Leuchten aus, mitten in der Nacht, die ihr Blick war, da sprang er hinein.

Ein Haus aus Haar, aus Plastikplanen

für Veronika

Sie hat sich dich machen lassen, damals, als Rucksacktouristin, unbedarft, aus einer Laune heraus, weil sie hingerissen gewesen ist von sich selbst, hier, in diesem uralten Land, zwischen Mörsern und Gott, und weil sie etwas Fremdes zum Mitnehmen wollte: Das warst du. Eine Art Souvenir. Bei der Geburt schon Vergangenheit, eine blasse Erinnerung an Wüste, Schaben, seinen Schweißgeruch. Dann hat sie dich Nabila genannt, damit du nicht heimisch würdest, nirgends, und so ist es gekommen.

In der Mitte des lächerlich kleinen Tischs steht eine vorgedruckte Karte, auf der mir das Zimmermädchen mit seiner Unterschrift versichert, alles sorgfältig gereinigt zu haben. Sollte trotzdem etwas zu beanstanden sein, bittet sie mich, mit Hilfe der Geschäftsleitung den Gründen für meine Unzufriedenheit nachzugehen. Sie wünscht mir einen angenehmen Aufenthalt:
»YOUR FLOORCHAMBERMAID, Bella.«

Ich frage mich, wie sie an meine Nummer gekommen ist. Jedenfalls hat sie mich angerufen. Sie wußte auch, daß ich dich suchen werde.
... alles stamme von ihm, hast du gesagt: deine schwarzen Haare und Augen, die braune Haut, der dunkle Flaum,

den du so haßt, am ganzen Körper. Außerdem seist du klein und neigtest zu fetten Hüften.

Sie hingegen könne man in jedem Nazipapier als Vorzeigegermanin präsentieren. Zumindest wenn es dich nicht gäbe, den Ausrutscher, Fehltritt, Schandfleck, der ihre Karriere fast vernichtet, jedenfalls um Jahre zurückgeworfen habe, so daß sie nie in die Positionen gelangt sei, die ihrer Intelligenz, ihrem Ehrgeiz, ihrer Kälte offengestanden hätten: durch deine Schuld.

Ich solle froh sein, daß ich sie nie kennengelernt hätte, hast du geantwortet, als ich gefragt habe, weshalb du mich ihr nicht vorstellst, mir wäre von ihrem bloßen Anblick die Spucke auf der Zunge gefroren.

Weißt du, was sie wollte? Daß ich ihr die Sachen gebe, die du bei mir gelassen hast. – »Unverzüglich aushändige«, hat sie gesagt. Als deine Mutter habe sie einen Anspruch darauf. Schließlich seist du verschollen und sie demzufolge deine Erbin – oder ob ich ein Testament von dir hätte?

Wenn ich das anders sähe, könnten wir die Angelegenheit auch vor Gericht klären.

Bella, nehme ich an, ist das schreckhafte Mädchen mit den slawischen Wangenknochen, das sich hinter den Wäschewagen duckt, sobald jemand aus dem Aufzug tritt. Sie fürchtet jede Frage, weil sie weder Hebräisch noch Englisch versteht, und uns Fragende fürchtet sie, weil wir uns über ihr Nichtverstehen bei der Geschäftsleitung beschweren werden. Dazu muß sie uns mit ihrer Unterschrift ausdrücklich auffordern, um hier arbeiten zu dürfen. So lange, bis eine Beschwerde zuviel eingegangen ist. Dann wird sie entlassen.

Ich möchte diese Karte beanstanden.

Nachdem ich ihr erklärt hatte, daß ich den Gerichtstermin wohl nicht wahrnehmen könne, weil ich bis dahin nämlich ebenfalls verschollen sei, gab sie ihrer Stimme einen melodramatischen Klang, so als würde sie nur mit äußerster Selbstbeherrschung die Tränen zurückhalten, und beteuerte, daß sie dich liebe wie ihr eigen Fleisch und Blut.

Das seist du doch auch, habe ich ihr gesagt, woraufhin sie zu jammern begann, eben, natürlich, genau, um so weniger begreife sie doch und um so mehr schmerze es sie, daß du ihre Liebe nie habest annehmen können beziehungsweise wollen, als kleines Mädchen schon nicht. Inzwischen wisse man ja, wie entscheidend das Erbgut die Persönlichkeit präge, und wenn du dich in den letzten Jahren nicht sehr verändert habest, könne wohl jeder sehen, daß du von einem Araber abstammtest.

Ich habe dann einfach aufgelegt und bis zu meiner Abreise das Telefon läuten lassen, ohne abzuheben.

Bella ist eher häßlich als schön, weshalb ihre Zukunftsaussichten noch düsterer sind. Sie weiß das, man sieht es ihr an: Sie wird Zimmer putzen, Betten machen, entlassen werden, dann vielleicht Obst verkaufen, Geschirr spülen, Gemüse hacken. Manchmal, ehe sie einschläft, verliebt sich der jemenitische Liftboy in ihre aschblonden Haare und macht ihr Kinder, die es besser haben werden, weil sie hier geboren sind und akzentfreies Hebräisch sprechen. Die Kinder sind ihr alles, seit sie die Hoffnung für sich selbst aufgegeben hat, die so riesenhaft war, daß ihr beinahe das Herz geplatzt wäre, als sie in Minsk oder Kiew oder Moskau zum ersten und letzten Mal in ihrem Leben ein Flugzeug bestiegen hat.

Wahrscheinlich stimmt es: Ich habe nicht verstanden, was dich treibt.

Ich kenne meine Mutter und meinen Vater, sie sind

freundliche Leute. Meine Schwester gibt sich wild, ist aber gutartig, mein Bruder ein Seelchen. Ich trage englische Tweedsakkos und hänge sie abends in den Eschenschrank, den mir meine Großeltern vermacht haben. Er ist so alt, daß mein Großvater sich nicht erinnern konnte, wer ihn in Auftrag gegeben hat, wann er geschreinert worden ist – während seiner gesamten Kindheit stand er schon da. Unsere Vorfahren waren Ackerbauern, Eigentümer des Landes, das sie bewohnten und das sie niemals verlassen hätten, es sei denn, sie wären mit Gewalt vertrieben worden, das kam in den letzten zweihundert Jahren nicht vor.

Ich bin nach dem Referendariat dorthin zurückgekehrt, um zu bleiben. Du hast eine Weile in der Gegend gerastet, ehe du weitergezogen bist. Darauf war ich im Prinzip vorbereitet: Einen Beduinen könne man nicht ansiedeln, ohne ihn zu zerstören, hast du mehrfach gesagt. Du bist alleine fortgegangen, ich bin alleine zurückgeblieben: Nichts ähnelt so sehr dem Tod. Dein Abschied hat keine zehn Minuten gedauert. Du wollest nicht wortlos verschwinden, aber natürlich seist du mir keine Rechenschaft schuldig. Du gingest jetzt, weil dir endgültig klargeworden sei, daß du nicht länger in Häusern leben könntest und an Schreibtischen Geld verdienen, um geschlossene Räume mit Sachen vollzustopfen, die schließlich so schwer würden, daß ihre Besitzer noch unter offenem Himmel gebeugt wirkten: wie ich zum Beispiel.

Und weil du ihn finden müssest, um sie loszuwerden.

Du hast nicht zurückgeschaut, obwohl du wußtest, daß ich hinter dem Fenster stand, wie ich immer hinter dem Fenster gestanden habe, wenn du gefahren bist, so lange, bis dein Saab in die Pappelallee einbog. Ich hatte jedesmal Angst, es wäre mein letzter Blick auf dich, ich wüßte es nur noch nicht.

Draußen auf dem Flur saugt Bella Staub. Sobald ich die Balkontür öffne, höre ich nichts mehr davon. Die Brandung dröhnt bis hier oben in den achten Stock. Meterhohe Gischt sprüht hellgrau über die Kaizungen. Das Wasser muß sehr kalt sein. Trotzdem versuchen vier Männer in schwarzen Neoprenanzügen Wellenreiten zu lernen, damit sie im Sommer Strandkönige werden.

Ich frage mich, ob Bella bereut, weggegangen zu sein? Oder manchmal Heimweh hat? Andererseits: In ihrer russischen Vorstadt waren sogar die Halbstarken schon morgens betrunken und prügelten ihre Freundinnen, ehe sie abends ihrerseits von betrunkenen Vätern verprügelt wurden. Sie wohnten dort zu sechst in zwei Zimmern. Jetzt hat sie ihr eigenes, acht Quadratmeter, die sie nur mit einigen Kakerlaken teilt.

Die Wahrscheinlichkeit, daß ich dich finde, ist zweifellos größer als die, daß du ihn findest.

Was hast du in der Hand? Du weißt seinen Vornamen, Salah. Angeblich hat er in Beersheba Wirtschaftswissenschaften studiert. 1971 soll er der einzige Beduine an der Universität gewesen sein. Irgendwo in der Wüste, nicht sehr weit von der Stadt entfernt, hätten die Zelte seiner Familie gestanden, nahe bei einem Wadi. – Das hat sie dir vor Jahren erzählt, als sie merkte, daß du über die andere Seite deiner Herkunft erleichtert und nicht, wie sie, davon angewidert warst. Und weil sie hoffte, dein Verlangen, mehr zu erfahren, liefere dich ihr aus. Da hat sie bestimmt auch prächtige Vollblüter geritten und mit den edelsten Falken gejagt.

Auf den beiden fünfundzwanzig Jahre alten Photos sieht er aus wie der junge Reinhold Messner, aber die sind unscharf und inzwischen so vergilbt, daß es auch Che Guevara sein könnte. Das ist alles.

Oder hast du vor deiner Abreise doch mit ihr gesprochen?

Hat sie dir noch etwas verraten? Als sie merkte, daß du nicht aufzuhalten warst?

Ich habe mich erkundigt: 122 000 Beduinen leben im Negev. Sie teilen sich in 19 Stämme. Mehr als die Hälfte von ihnen wohnt mittlerweile in einer der sieben von der Regierung errichteten Siedlungen. Der kleinere Teil schlägt weiterhin seine Zelte auf, illegal, aber geduldet, so lange, bis die Interessen des Staates ein bestimmtes Stück Wüste fordern. Dann wird das Lager aufgelöst: Seine Bewohner haben kein Papier, das sie als Eigentümer ausweist. Wenn sie freiwillig verschwinden, bekommen sie eine Entschädigung, mit der sie sich ein billiges Haus in einer der Siedlungen bauen oder kaufen können. Wenn nicht, bekommen sie nichts und werden vertrieben, notfalls mit Gewalt.

Unten am Strand spazieren glückliche Paare und Familien dem Sabbat entgegen.

Später werden Bellas Kinder ihre Mutter fragen: Wo stammen wir her? Was ist mit unseren Großeltern? Weshalb bist du damals fortgegangen? Und wenn du schon fortgehen mußtest, warum in dieses winzige Land, in dem alle mit allen im Krieg sind? Warum nicht wenigstens nach Amerika oder Australien, dort ist viel mehr Platz?

Sie fragen in fehlerhaftem Russisch, Bella spricht immer noch kaum Hebräisch.

Und einer, der Älteste, sagt: »Ich will das Land sehen, wo meine Vorfahren gelebt haben, ich will vor ihren Häusern stehen und an ihren Gräbern.«

Bella steht kopfschüttelnd auf, »Oje, oje«, streckt die Hände zum Himmel aus, »Gott, mein Gott, ich habe es doch für euch getan, damit es euch einmal bessergeht. Ihr wißt ja nicht, wie es war.«

Sie bitten, drängen Bella, zu erzählen, doch je mehr sie erzählt, desto häufiger denken die Kinder, das muß ein Land gewesen sein voller Wunder und Schrecken, ein Land, aus dem man sogar fliehen konnte, würden wir doch auch dort leben.

Ich bezweifle, daß er in Freudentränen ausbrechen wird, wenn du vor ihm stehst und ihm einen Packen Bilder unter die Nase hältst, die zwei von sich: »Schau, Salah, das bist du«. Und alte von ihr: »Erkennst du sie wieder? Sie ist meine Mutter.«
Beide Anfang Zwanzig damals.
Er kann nicht einmal allein mit dir unter einem Zeltdach sitzen, ohne daß es Gerede gibt. Bestenfalls haben seine Leute den richtigen Verdacht, der ist schlimm genug. Oder soll er seiner Frau, seinen Frauen sagen: »Darf ich vorstellen, Nabila, meine Tochter aus der Zeit, als wir einander versprochen, aber noch nicht verheiratet waren? Abgesehen davon wird er froh sein, wenn er die Mitgift und die Kosten für die Hochzeiten seiner ehelichen Töchter zusammenbekommt. Töchter hat er wahrlich genug, für das bißchen, was er verdient.
Wärest du wenigstens blond oder blauäugig, so daß sich alle jungen Männer darum rissen, dich zu heiraten, und die Alten flüsterten: »Man kann sagen, was man will, aber Salah hat das schönste Mädchen weit und breit.«
Wenn du Glück hast, lebt er tatsächlich noch in seinen Zelten, besitzt eine kleine Herde Schafe oder Ziegen, die seine jüngsten Kinder hüten müssen, tagaus, tagein auf den umliegenden Hügeln unter erbarmungsloser Sonne. Am Rande des Lagers steht ein dürres, bösartiges Kamel, angepflockt mit einem viel zu kurzen Tau, als Erinnerung an bessere Tage und zu alt für den Metzger. Vielleicht lädt er sein Vieh zwei-, dreimal im Jahr auf einen klapprigen Lastwagen, schafft es von einem Weideplatz zum nächsten und wieder zurück. Dazu benötigt er Genehmigungen, Stempel,

Unterschriften von mindestens drei Behörden, weil Fernstraßen, Kibbuze, militärische Sperrgebiete und Technologieparks die Routen seiner Vorfahren zerschneiden. Doch wahrscheinlich hat er seine Herden ohnehin längst verkauft und alle Ansprüche auf Weideland für ein paar Schekel abgetreten, ist in eine der staatlichen Siedlungen gezogen, wo er einer täglichen Arbeit als Traktorfahrer oder Bankangestellter nachgeht. Abends sitzt er mit zwei räudigen Hunden, den einzigen Tieren, die ihm geblieben sind, unter einer schwarzen Plastikplane im Garten seines Hauses am Feuer, trinkt bittersüßen Tee und raucht gefälschte Marlboro.

Ein erwachsener Mann in weinrotem Trainingsanzug drischt schon seit zwanzig Minuten mit einem Holzschläger einen Gummiball gegen die Hotelmauer, vollkommen trostlos, aber es muß etwas nützen, sonst würde er aufhören.

Bella wird nie auf dem Balkon eines Hotelzimmers mit Meerblick stehen und zuschauen, was die Leute unter ihr machen. Höchstens während einer kleinen, verbotenen Pause im Sommer, dann beneidet sie die da unten ums Nichtstun, den Staubwedel in der Hand.

Bella hat keine Kreditkarte. Sie besitzt kein Land, das sie verpachten kann, damit ihre Möbel, ihre Bücher nicht heimatlos werden, wenn sie fortgeht. Sie würde Möbel und Bücher, ein Lehrergehalt niemals aufgeben, wegen des Jemeniten zum Beispiel, den kann man ersetzen. Sie hat alles aufgegeben, weil es immer zuwenig war.

Vermutlich ist er ein kleiner, geiler Araber gewesen, außer sich vor Glück über die Möglichkeit, eine ziemlich ansehnliche Europäerin zu vögeln, ohne Entgelt, denn die Mädchen seines Stammes waren anständig und blieben bis zur Hochzeit unberührt, oder sie mußten sterben. Bestimmt war sie seine erste Frau. Huren wären von seinem Ziegenhirtenlohn unbezahlbar gewesen. Er hätte sich wohl auch nicht getraut, eine aufzusuchen. Sicher hat er gehofft, daß sie sich ernsthaft in ihn verliebt und reich genug ist, ihn mitzunehmen, heraus aus seinem öden, absehbaren, langweiligen Leben, zwischen Kameldung und Teerunden, bei denen die immer schon alten, schließlich uralten Großväter, Väter, Onkel mit zusehends weniger Zähnen die immer gleichen Geschichten erzählen, von den ruhmreichen Zeiten, als Abu Salim, der Gründer des Stammes, Weihrauchkarawanen von Arrijad nach Dimaseh führte und mit Säcken voll Gold heimkehrte, mehr Gold, als es gibt auf der Welt, das er gegen Heerscharen von Räubern verteidigt hatte, die so gefährlich waren, wie nur erfundene Räuber gefährlich sind. Wenn sie ihn mitgenommen hätte, müßte er sich das jetzt nicht zum hundertsten Mal anhören, sondern es gäbe neue Geschichten, die handelten von ihm, Salah, der einer geheimnisvollen weißen Frau in ein fremdes Land gefolgt ist, um einen neuen Stamm zu gründen: Nachfahren eines großen Mannes.

Aber sie ist ohne ihn gegangen. Er haßt sie.

Sobald ich die Balkontür schließe, ist das Zimmer still wie eine ägyptische Grabkammer. Auch draußen auf dem Flur regt sich nichts mehr. Bella hat Feierabend, aber kein Geld, um sich zu vergnügen. Ich höre mich reden. Die Wände werfen ein schwaches Echo zurück. Mit etwas Glück trifft sie einen, der genauso fremd ist, dann sind sie zwei, und es wird leicht, das wünsche ich ihr.

Hinter dem winzigen Tisch hängt ein riesiger, golden und verschnörkelt gerahmter Spiegel, in dem ich mir die falschen Sätze, schon während ich sie denke, von den Augen ablesen kann.

Er haßt sie. Sie hat ihm gezeigt, wie erbärmlich er ist. So sind ihr die Leute ja am liebsten.

Ich weiß nicht, ob du wolltest, geglaubt, gehofft hast, daß ich dir nachreise. Wahrscheinlich nicht. Wahrscheinlich hast du dir gedacht: Er ist zufrieden mit seinem Unterricht, mit den mittelmäßigen Zeichnungen, die er in den Ferien macht, dem Liter Wein jeden Abend: Das reicht für uns nicht. – Du hast alles hinter dir gelassen, weil du mehr wolltest. Du bist nicht davon ausgegangen, daß ich deinetwegen auch alles hinter mir lassen würde. Beinahe hätten wir uns verpaßt. Als dein Saab in die Pappelallee einbog, war ich sicher, daß wir uns nie wiedersehen würden. Ich nahm mir deshalb vor, dich zu vergessen wie eine beliebige Frau im Supermarkt oder in der U-Bahn zum Beispiel. Drei Wochen habe ich gebraucht, um zu begreifen, daß das unmöglich ist. Jetzt bin ich so sicher, daß ich dich finden werde, wie du sicher warst, ihn zu finden. Der Wagen, den ich gemietet habe, ist geländegängig. Morgen fahre ich nach Beersheba und frage nach dir.

Metzinger

Ich bin jetzt sicher, daß der Mann, der unter mir wohnt, ein Mörder ist. Er wohnt noch nicht lange dort, aber schon als er einzog, beschlich mich ein unangenehmes Gefühl. Er hat mit einer Reihe zweifelhafter Gestalten die Wohnung hergerichtet, und ich wußte anfangs gar nicht, welcher aus der Bande mein künftiger Untermieter sein würde, dachte allerdings, hoffentlich nicht der, der es dann wurde. Ich nenne ihn immer *mein Untermieter,* gebrauche das Wort jedoch nicht im mietrechtlichen Sinne – dann hätte ich als Wohnungsbesitzer seinen Einzug ohne Frage verhindert –, sondern weil er schlicht unter mir wohnt. Unser Hinterhofhaus ist vorzüglich geeignet, jede Art von Verbrechen zu planen, zu begehen oder flüchtige Täter zu verstecken. Es ist ein Hinterhofhaus, das frei zwischen einer Menge anderer Hinterhofhäuser steht, die in den zwanziger Jahren dutzendweise aus Backsteinen hochgemauert wurden: Vier Wände, drei Stockwerke mit Flachdächern, auf denen im Sommer wildes Gras wächst. Vermutlich waren die Backsteine vor achtzig Jahren weniger schmutzig. In unserem Haus wohnt außer meinem Untermieter und mir noch der Eigentümer all dieser Häuser mit seiner Lebensgefährtin. Dieser Hauseigentümer und Vermieter handelt mit Antiquitäten. Ich schätze sein Alter auf Ende Vierzig, seine Lebensgefährtin scheint unmaßgeblich älter. Sie färbt ihre Haare strohblond, so daß sie in ihren schwarzen Nylonstrümpfen und dem kurzen Rock von hinten wie dreißig wirkt. Im Sommer liegt sie jeden Nachmittag, wenn die Sonne scheint, mit ihrem roten Bikini notdürftig bekleidet in einem Liegestuhl.

Zwischen unserem Haus und der Häuserreihe an der Straße ist nämlich ein ansehnlicher kleiner Garten. Ich weiß, weil ich sie oft dort liegen sehe, daß sie diese spitzen kleinen Brüste hat, deren Warzen nach unten kippen. Manchmal schaue ich aus dem Fenster, ob sie nicht das Oberteil ausgezogen hat, einfach um mich der Richtigkeit meiner Beobachtung zu vergewissern. Bis jetzt fehlt ihr aber der Mut. Nur solange sie auf dem Bauch liegt, hat sie manchmal die Träger gelöst, damit sich später keine hellen Streifen auf dem Rücken abzeichnen. Sie ist mir widerwärtig. Ihre Stimme scheppert vom Rauch vieler Zigaretten, die sie sich pausenlos aus schwarzem französischem Tabak dreht. Allerdings scheint ihre Küche gut zu sein. Oft, wenn ich abends meine Dosensuppe, in die ich trockene Semmeln gebröselt habe, löffle und an dem Glas billigen Rotwein nippe, zieht der Duft von besonders feinen Bratkartoffeln mit geräuchertem Speck und Schalottenwürfeln durchs offene Fenster, oder ich wittere ein Ragout im Treppenhaus. Meine Toilette liegt eine halbe Etage tiefer als die Wohnung, so daß ich häufig durchs Treppenhaus muß. Ratzek heißt mein Vermieter, Jochen, und sie Evelin Schmitt.

Ich bin nicht freiwillig in diese Stadt gezogen, meine Arbeit erforderte es. Ich wollte das Beste daraus machen. Und ich bin ohne Vorurteile hierhergekommen, obwohl mir die Stadt von Anfang an nicht gefiel. Jetzt wohnt unter mir dieser Mann, und die Lage hat sich deutlich verschlimmert. Am vierten Abend schon stand er vor meiner Tür und entschuldigte sich, daß es wegen der Renovierung etwas lauter zuging. Seitdem seine seltsamen Freunde verschwunden sind, sehe ich ihn fast täglich. Meist huscht er gegen Mittag in einem zerschlissenen knielangen, schwarz-rot-grau gestreiften Bademantel zu seiner Toilette, die sich ebenfalls ein halbes Stockwerk unter der Wohnung befindet. Oder er verschwindet am frühen Nachmittag in einer schäbigen grauen Hose, einem karierten Hemd und abgewetztem Kordsakko, auf dessen Ellbogen Lederflicken sitzen, wobei er den Geruch von billigem Korn im Hausflur zurückläßt. Häufig trägt er seine Ledertasche, die vortäuschen soll, daß er arbeitet: In der Tasche sein Pausenbrot und die Thermoskanne mit dem Kaffee oder der Henkelmann und natürlich die Jägermeisterfläschchen. Begegnen wir uns auf der Treppe, bin ich bemüht, freundlich zu grüßen. Er lächelt auch, aber mit jener Viertelsekunde Verzögerung, die mich wissen läßt, daß er lügt. Wahrscheinlich spürt er, daß ich mehr weiß, als ihm lieb sein kann. Vorige Woche, in der Nacht von Dienstag auf Mittwoch, es war schon nach zwölf, stand er in seinem Bademantel wieder vor meiner Tür. Glücklicherweise hatte ich Besuch. Mein Besuch und ich hatten den ganzen Abend in meinen beiden Polstersesseln gesessen und – ich bin ganz sicher – in gemessenem Ton verschiedene wichtige Dinge besprochen. Ich wollte gerade in die Küche gehen, um noch Wein zu holen. Da stand er, es war bestimmt halb eins, und ich sah ihn als Schemen schon durch das Türglas, ehe er noch klingeln konnte. Ich öffnete prompt, so würde ich ihn überraschen und hatte einen kurzen Vorsprung für alle Fälle. Mit seinem bitteren, boshaften Lächeln sagte er: »Hören Sie sofort auf, hier rumzukrasten.« Ich stammelte nur, »Tut mir leid«, und schlug die Tür zu. Ich kenne dieses Wort *krasten* nicht. Aber als er es sagte, sah ich in seinen Augen, daß er nicht zögern würde, bis zum Äußersten zu gehen. Wenn jemand getötet hat, ist in seinem Blick eine Kälte, die ihn immer verrät. Der Mann heißt, zumindest steht das an seiner Tür, J. B. Metzinger, ist Mitte Fünfzig und trägt sein graues fettiges Haar in Strähnen zurückgekämmt. Ratzek sagt, Metzinger sei Tellerwäscher in einem Altenheim gewesen, eine gestrauchelte, absturzgefährdete Existenz. Wenn er ihm die Wohnung kündige, lande Metzinger unweigerlich bei den Trinkern am Kiosk, ohnehin rekrutiere er dort seine Freunde. Natürlich sei er schwierig im Umgang, aber er, Ratzek, könne so jemanden nicht vor die Tür setzen, und deshalb sei er mit Metzinger übereingekommen, daß dieser seine Miete größtenteils in der Antiquitätenwerkstatt abarbeite. Einfachere Vorarbeiten habe er ihm schon beigebracht, Abbeizen, Schleifen, Hobeln, Lackieren – da stelle er sich ganz geschickt an, ansonsten sei er natürlich kein großes Licht.

– Tellerwäscher im Altenheim. Ich habe selten so einen Blödsinn gehört. Tellerwäscher gab es früher in Amerika, und dort machten sie Karriere im illegalen Glücksspiel, im Drogenhandel oder als Zuhälter. Einige blieben in der Hotelbranche und arbeiteten sich stetig nach oben, bis ihnen am Ende ein Imperium gehörte. Vielleicht hängt Ratzek mit drin. Im gehobenen Antiquitätengeschäft geht es um beträchtliche Summen, da kann einer wie Metzinger, dessen Gewissen durch die Gewohnheit stumpf geworden ist, von Nutzen sein.

Mir ist, wie gesagt, diese Stadt nicht geheuer. Sie ist nicht sehr häßlich und hat auch keine besonders verwahrlosten Viertel. Eine gewöhnliche mittlere deutsche Stadt, auf den ersten Blick, aber vieles geht nicht mit rechten Dingen zu. Spätabends trifft man nur wenige Menschen, und ich ziehe es vor, nicht durch die unbeleuchteten Straßen zu gehen, weil die Männer, denen man dort um diese Zeit begegnet, mir kein Vertrauen einflößen. Sie reden mit jemandem, der nicht anwesend ist, was natürlich keineswegs bedeutet, daß die Rede nicht doch einem Versteckten gilt, der in diesem oder jenem dunklen Hauseingang aus den verschlüsselten Informationen wichtige Kenntnisse über den Stand der

Operation zieht. Oder er erhält neue Anweisungen des Hauptquartiers. Auch Metzinger kommt oft erst spät in der Nacht nach Hause.

Armin Wurst, das ist der, der mich besuchte, als Metzinger nachts vor meiner Tür stand, hat ihn sofort identifiziert. Es sei eben der Mann, von dem er mir gerade erzählt habe, daß ihm die Wirtin dieser Kneipe an der Ecke, als er, Wurst, neulich um fünf von der Nachtschicht kommend, dort noch Zigaretten kaufen wollte, indem sie ihren rosa-rostrot quergestreiften Polyacrylpulli, worunter sie weder Hemd noch Büstenhalter getragen habe, mit beiden Händen hochriß, ihre schneeweißen, von blaßblauen Äderchen durchzogenen, ungemein fetten Titten entgegengestreckt und dabei »Bin ich nicht schön!« gekreischt habe. Zur Bestätigung ihrer Aussage habe sie die Dinger dann noch mal kräftig hin und her geschüttelt, darauf jedoch sein Eintreten bemerkt und den Pulli wieder heruntergezogen. Die Männer an der Theke hätten sich wie auf ein Kommando zu ihm umgedreht, Metzinger aber sei zweifellos derjenige gewesen, dem die Präsentation gegolten habe. Die Frau jedenfalls habe mit größter Selbstverständlichkeit und ohne die geringste Spur von Verunsicherung oder gar Scham »Bitte schön der Herr, womit kann ich dienen?« gesagt, und, nachdem Wurst seinen Wunsch vorgetragen und Geld auf die Theke gelegt habe, ihm die Zigaretten ausgehändigt.

Seit ich von dem Vorfall weiß, gehe ich überhaupt nicht mehr in diese Kneipe. Auch vorher bin ich selten gegangen, höchstens, um ein billiges Schnitzel zu essen oder nach Ladenschluß noch Bier zu kaufen. Ich habe auch Wurst gebeten, nicht mehr hinzugehen. Metzinger weiß, daß wir uns gut kennen. Er könnte denken, daß ich ihm nachspionieren lasse. Auf den puren Verdacht hin schaltet er möglicherweise seine Freunde ein, die mir dann auflauern, mich zusammenschlagen – gegen mehrere hat man kaum eine Chance –

und halbtot zurücklassen. Selbst wenn ich eine solche Abreibung überlebte und mich tatsächlich noch an die Gesichter der Schläger – so sie nicht maskiert wären – erinnern könnte, müßte ich erst mal beweisen – und das dürfte schwierig sein –, daß Metzinger sie angestiftet, wahrscheinlich sogar bezahlt hat. Er selbst wird sich nicht trauen, mich anzugreifen. Ich bin ihm körperlich überlegen. Außerdem sieht er mir grundsätzlich nicht aus wie einer, der selbst zuschlägt. Er ist eher der Typ des feigen, heimlich und hinterrücks seine Fäden spinnenden Meuchlers. Ich vermute, daß er mit Gift arbeitet. Das paßt zu ihm. Und in dieser Stadt, das weiß ich von einer Führung, die ich in den ersten Tagen mitgemacht habe, hat der Giftmord eine lange Tradition.
Als Markgraf Karl Wilhelm 1715 sein neues Schloß mitten in den frisch gerodeten Wald setzen und schnurgerade Straßen fächerförmig auf das Schloß hin gerichtet bauen ließ, weil der eigentlich geplante großzügige Wiederaufbau seiner im pfälzischen Erbfolgekrieg dem Erdboden gleichgemachten Residenz in Durlach von den dortigen Bewohnern nicht hingenommen werden wollte, war Giftmord neben der rechtmäßigen Exekution durch Erschießen oder Fallbeil die in Friedenszeiten verbreitetste Form des unnatürlichen Todes. Jede Dame des Hofstaats, die Bischöfe, Herzöge und Grafen sowieso, bewahrte in einer kostbaren, mit Elfenbein- und Wurzelholzintarsien furnierten Schmuckschatulle bewußten Flakon mit tödlicher Substanz, die der Hofapotheker gegen entsprechendes Geld gerne überließ, zumal er bei einer eventuellen späteren Klärung der Todesursache, abermals abhängig von der Großmut des Kunden, befähigt war, seinen Bericht wider ihn oder zugunsten desselben zu formulieren und darüber hinaus sein Gutachten in jedem Fall noch von der örtlichen Polizeibehörde honoriert bekam. Die Tochter des Markgrafen erlitt eine Ohnmacht, als sie vom unerwarteten Hinscheiden

ihrer Kammerzofe erfuhr. Der Vater hatte ihr die Nachricht persönlich überbracht, obwohl er sonst selten die Gemächer seiner Tochter aufsuchte. Er wußte, wie sehr das Mädchen an der Zofe hing. Als Josephine vor seinen Augen zusammenbrach, schnürte er, in solchen Angelegenheiten geübt, sachkundig und behend die Korsage auf, um den eingezwängten Leib des Kindes von dem atemraubenden Druck zu befreien. Verwundert stellte er fest, daß das Kind fast schon zum Weibe gereift war. Seine hübschen Brüste, unter den Kleidern kaum zu erkennen, lagen da offen vor ihm. Den Markgrafen beschlich ein finsterer Verdacht: Zweifellos stand das abweisende Gebaren, welches die Zofe ihm gegenüber in jüngster Zeit an den Tag gelegt hatte und das ihren Tod – sie drohte schließlich sogar mit einem Skandal – notwendig gemacht hatte, mit einer wie auch immer gearteten zärtlichen Hinwendung zu dem Kinde in Zusammenhang, und seine aufkeimende Reue verschwand augenblicklich. Kurze Zeit später verheiratete er Josephine nach Portugal. Heute wie damals können die Bürger von jedem Punkt der Stadt aus auf das markgräfliche Schloß sehen, das wegen seines neuen hellgelben Anstrichs und der weißen Ornamente wie das Werk eines Konditormeisters erscheint. Darin werden die Fläschchen und Kästchen sorgfältig gereinigt zur Schau gestellt. Ich habe sie selbst gesehen. Vermutlich sind aber die meisten Gifte nicht mehr nachweisbar.

Ich weiß nicht, welche Gifte Metzinger verwendet. Allerdings dürfte es für ihn einfach gewesen sein, in Ratzeks Werkstatt unbemerkt oder eben in dessen Auftrag aus den Säuren, Lösungen und Abbeizern die Kanister mit dem Totenkopf herauszusuchen, verschiedene Mischungen zusammenzurühren und an einigen der zahllosen streunenden Katzen auf ihre Wirksamkeit zu erproben. Wahrscheinlich hat er, so er denn wirklich in einem Altenheim gearbeitet hat, irgendeine Rentnerin zur Testamentsänderung bewegen können. Wer würde so einen Einzelfall, vermutlich ohne Angehörige, gerichtsmedizinisch überprüfen lassen. Wenn Metzinger nicht seiner eigenen Gier aufgesessen ist. Ob er deswegen dort gekündigt hat? Bei ungewöhnlicher Todesfallhäufung entsteht leicht ein Verdacht. Dann werden auf Anordnung des Untersuchungsrichters die fünf letzten Leichen exhumiert und obduziert. Sicher wird man noch Giftspuren finden. Ich glaube kaum, daß Metzingers chemische Kenntnisse ausreichen, um Verbindungen herzustellen, die innerhalb kürzester Zeit wieder zerfallen. Ich habe Armin Wurst gefragt, wie er sich in vergleichbarer Situation verhalten würde. Wurst sagte, er halte meine Hypothesen für ziemlich fragwürdig, und außerdem hätte ich keine Beweise. Er an meiner Stelle würde die Sache auf sich beruhen lassen. Ich frage mich allerdings, ob seine Wahrnehmungsfähigkeit fein genug ist, Metzinger richtig einzuschätzen. Auch bezweifle ich sehr, daß Wurst weiß, in welcher Gefahr ich mich befinde. Metzinger jedenfalls, soviel ist sicher, ahnt längst, daß ich ihm auf der Spur bin. Und er könnte ohne Schwierigkeiten in meine Wohnung eindringen, die Schlösser sind völlig veraltet, Ketten oder Riegel fehlen. Es dürfte ihm ein leichtes sein, eine seiner tödlichen Flüssigkeiten heimlich in meinen Wein, mein Salatöl oder die Kaffeesahne zu träufeln. Vielleicht würde ich den sonderbaren Geschmack sogar noch bemerken, aber dann wäre es bereits zu spät. Die Krankenhäuser liegen außerhalb der Stadt.

Gestern habe ich mich mit Wurst überworfen. Er hat es abgelehnt, mir bei den Ermittlungen gegen Metzinger behilflich zu sein. Ich bat ihn lediglich, Metzingers Wohnung zu durchsuchen, während ich ihn in Ratzeks Werkstatt überwache. Funksprechgeräte habe ich besorgt, so daß ich ihn jederzeit warnen kann, falls Metzinger unerwartet kommen sollte. Wurst sagte rundheraus: »Ich bin doch nicht verrückt.« Daraufhin habe ich ihm erklärt, daß sich unsere Wege von jetzt an trennen würden, obwohl es mir leid tat. Aber in meiner jetzigen Lage muß ich auf solche Freunde verzichten. Ich werde meinen Chef bitten, mich in die Filiale nach S. zurückzuversetzen. Dort habe ich mich immer wohl gefühlt. Selbst wenn ich den Schritt mit einer Gehaltskürzung bezahle, ich sehe keinen anderen Ausweg. Ohne Wursts Unterstützung bin ich Metzinger ...

Eben sehe ich, daß Metzinger von zwei Sanitätern durch den Innenhof getragen wird. Das kommt davon. Ich habe das Martinshorn gar nicht gehört. Offenbar ist es sehr eilig. Normalerweise überhöre ich das Martinshorn nie. Ein Dritter hält den Infusionsbeutel. Ich lehne mich weit aus dem Fenster. Evelin Schmitt liegt wieder in ihrem Liegestuhl auf dem Bauch. Sie ist so überrascht, daß sie auffährt, ohne das Oberteil zuzuschnüren. – Ja! – Ich hatte recht. Es sind diese spitzen kleinen Brüste, deren Warzen nach unten kippen. Hastig zieht sie ihr Handtuch hoch.

Zurückkommen

für Carsten Wirth

Verschiedene Möglichkeiten, sich um den Verstand zu bringen: Gin, lauwarm, wasserglasweise mit Nana Kofi Akema. Chief Akema faßt es als Beleidigung auf, wenn du nicht mindestens eine Flasche lang durchhältst. Chief Akema hat eine Tochter.
    Massendetonation roter Blutkörperchen nach Einfall von Sporozoiten (Plasmodium vivax). Die Druckwelle sprengt den Schädel lautlos, anschließend Schlaf, ohne Traum, als hätte jemand eine Tube *Mussini-Lampenschwarz (Pigment: Ruß)* sorgfältig zwischen alle Hirnwindungen geschmiert.
    Dortmunder Union, eisgekühlt.

Allein anhand des khakifarbenen Rucksacks aus steifem Segeltuch hätte man wissen können, daß der junge Mann, der sich ziemlich übermüdet nahe dem Haupteingang von Halle B auf den linken Sessel einer Sitzgruppe hatte fallen lassen, Maler war, denn eine der beiden mit kräftigen Lederriemen angeschnallten Seitentaschen war offenbar schon einmal kurzzeitig in Ermangelung eines Lappens zum Ausstreichen überschüssiger Farbe benutzt worden.

Bryana: feste Bögen, der Geruch von Coco-Butter. Fünf kurze Zöpfe, nach unbekannten Regeln angeordnet, als Silhouette gegen den klaren Nachthimmel. Man erkennt sich auch ohne Licht. Schnörkellose Paarungen, kein Gerede, nachdem sich die weiße Rasse aus ideologischen Gründen selbst zum Aussterben verurteilt hat.

Er saß zurückgelehnt, den Kopf im Nacken, hatte für einen Moment die Augen geschlossen und durchgeatmet, beugte sich vor, gähnte mit weit aufgerissenem Mund ein langanhaltendes Gähnen, rieb sich die Finger ausführlich durchs ganze Gesicht, holte ein zerknittertes Päckchen Gauloises aus der Jackentasche und aus der Hose Streichhölzer, fand nach zwei zerbrochenen eine unbeschädigte Zigarette, die er vor dem Entzünden mit der Lippe befeuchtete, und blies endlich durch gespitzte Lippen den Rauch des ersten Zuges gegen den Boden.

»Achtung: Passagiere gebucht auf Lufthansa-Flug 4223 nach Brüssel werden zu Flugsteig B 58 gebeten. Attention please: Passengers booked on Lufthansa flight 4223 to Bruxelles are requested to proceed to gate B 58.«
Schrittfolgen, Kofferrollen auf Marmorfliesen, das Quietschen der Schiebetür.

Er hätte nicht sagen können, warum er zurückgekommen war, warum überhaupt, warum gerade jetzt. Die Gründe, die es notwendig gemacht hatten, wegzugehen, galten bei Lichte besehen nach wie vor, und sie galten erst recht bei dem Licht, das heute herrschte und das er trotz der verhaltenen Brauntönung der Fensterfront sofort wiedererkannt hatte. Unter anderem war er dieses Lichts wegen weggegangen: des Wintersonnenlichts – als das hatte er es im Gedächtnis gehabt, aber es konnte bereits Ende September plötzlich Frost ankündigen, obwohl man tags zuvor noch überlegt hatte, im nahen Waldsee zu schwimmen. Kaltes Licht, das nicht mehr aus vollen Kübeln über die Dinge geschüttet wurde, um sie strahlend vor zudringlichen Blicken zu schützen, das ihnen auch keine dunklen Schatten und unbeleuchteten Rückseiten mehr gab wie im August noch – dafür stand die Sonne jetzt, Anfang Oktober, schon zu südlich.

Duschen, nachdem er zwei Tage in Accra gewartet hatte, bis die einzige Maschine für Mittelstreckenflüge, eine DC 10, Baujahr 72, einsatzbereit war.

In fünf, sechs Kilometern Höhe hatten sich Eiskristalle zu gefrorenen Strömen, Strudeln, Katarakten ineinandergeschraubt, eine scheinbar erstarrte Drift, die unter einem anderen Maßstab fortdauerte und die Strukturen umwandelte, vermengte, auflöste: Blick aus dem Badezimmer, in dem auch mittags die Neonröhre gebrannt hatte. So wie die Muster auf den Frotteestoffen, die – den Wolkenformationen nachempfunden – sich mit jedem Waschen in der schäumenden Seife mehr auflösten.

Eine Morane MS 317, Erstflug 1933, hängt von der Decke, sauber herausgeputzt, frisch restauriert, der Holzpropeller vermutlich noch nie in Bewegung. Damit hätte man ein einträgliches Geschäft anleiern können: Viehhändler zu den Weidegründen fliegen, die sich für den alljährlichen Abtrieb der Rinderherden in die Schlachthöfe des Südens die kräftigsten Tiere auswählen.

Zuhause, Europa anstelle des Stiers einen Waschlappen zwischen den Beinen. Zweifellos hätte Zeus das Revier gewechselt oder sich enthalten.

Mit dem Waschlappen zwischen den Beinen morgens und abends unter der runden Neonleuchte auf dem fahlgelben Plüschvorleger: Mutter, wie sie mit auseinandergestemmten

Oberschenkeln nur auf Fußballen und Zehen stand und den triefenden Handschuh so heftig hin- und herschrubbte, daß die Tropfen hinter ihr mit einem schmatzenden Laut in aufsteigendem Bogen wegspritzten wie Weihwasser aus dem Aspergill und auf die Bodenplättchen niedergingen, weshalb die Plättchen alle zwei Tage gründlich gewischt wurden. Die in der Seifenlauge gelösten Partikel aus den unteren Körperöffnungen mußten besonders verabscheuungswürdiger Schmutz sein. Unendlich oft hatte er hinter ihr auf dem Wannenrand sitzend dem Reinigungsvorgang beigewohnt, sich Gedanken über die mögliche Zusammensetzung der Schwebstoffe im Spritzwasser gemacht, hatte Mutters im Gegensatz zu ihrem rosigen Gesicht, den sommersprossigen Armen, seltsam käsiges Unterleibsfleisch angeschaut, überlegt, ob dieses Klamme, an blinde Höhlenlurche Erinnernde wohl gerade unter dem luftdichten Gummieinteiler gedieh, den sie direkt auf der Haut trug und aus dem sie sich vor dem Waschen jedesmal umständlich herauspellte. Er hatte beobachtet, wie der Olm, wenn die Heizung im Bad nicht rechtzeitig angestellt worden oder das Waschwasser zu kalt war, eklige kleine Noppen ausstülpte, die Gänsehaut hießen, sich unter einem Schauer wand, um wieder glatt zu werden. Er hatte sich den strengen Geruch vorgestellt, zwischen saurer Milch und Sumpfgasen, den dieser Butterkäsegrottenolm an sich haben mochte, der seine Mutter war und auf den sein Vater im Bett bereits zeitunglesend wartete.

Bryana hätte ihm Kinder geboren, die Wohnung gefegt, Jamswurzeln zerstampft, manchmal Wutanfälle gekriegt, ihre zunehmende Fülle mit *Mme. Catherines* Schmierfett eindrucksvoll zur Geltung gebracht, hätte zwei junge Rinder gekostet, und ihre Familie wäre einverstanden gewesen.

Der Gang über den Viehmarkt, gestampfte Lehmwege, aus dem Staub das Dröhnen eines Sattelschleppers, der mächtige Stämme hinter sich herzog. Händlergeschrei, Kindergeschrei. »*Akwosi bruni*«: Der an einem Sonntag geborene Weiße – hatte ihren Eltern Perlhühner geschickt, dreimal. Stoffe, süßes Duftwasser. Hatte Gespräche aufgenommen, die eigentlich sein Vater führen mußte. Galt als reich.

Mit jedem Tag Regenzeit blühte der Busch üppiger auf. Die Rinder standen nach ihrer fast vierwöchigen Wanderung durch inzwischen sattes Grasland gut im Fleisch. Kaum ein Rippenbogen trat heraus. Manchmal befreite sich eins aus der Schlinge und tobte wie wild über den weitläufigen Platz. Dann griffen die Frauen ihre Kinder und flüchteten kreischend, bis Viehtreiber und Schlachthelfer das Tier wieder eingefangen hatten. In den umliegenden Bars herrschte reger Betrieb, Arbeiter der Holzfirmen, Mechaniker, mäßig erfolgreiche Geschäftsleute. Manchmal kaufte sich jemand einen gerösteten Fuß an einem der zahlreichen Grillstände, wo auf waghalsigen Astkonstruktionen ganze Köpfe, Hufe, Schlegel und Innereien aufgetürmt lagen. Geier zogen ihre ruhigen Bahnen oder hockten gelangweilt auf dem Giebel des Schlachthofs. Früher oder später würde etwas abfallen.

250 000 Cidis für die zwei Rinder standen als Angebot der letzten Runde. Andere sind sich einig. Schlabberige stinkende Scheine, klebrige Münzen wechseln die Besitzer. Handschläge, Schulterklopfen. Die Beteuerung, nichts, aber auch gar nichts verdient zu haben. Im Gegenzug ein halbherziges Lamento, schamlos betrogen worden zu sein.

Die eingepferchten Tiere sind unruhig. Vage Erinnerungen aus der Vorzeit steigen vielleicht auf, wenn die gescheckten Wildhunde eines der ihren zu Tode gehetzt hatten, die Kehle durchgebissen, und mit dem Abendwind dann Blutgeruch über die Savanne zog und die ganze Nacht als Alpdruck in den ängstlich vibrierenden Nüstern hing.

250 000 Cidis, die er nicht hatte und auch nicht auftreiben konnte, für ein vierzehn – oder fünfzehnjähriges Mädchen, dessen Augenform niemanden in Erstaunen versetzte, obwohl ihm alle Versuche, die richtige Linie zu finden, bisher mißlungen waren. Um ihren kräftigen braunen Rücken auf die Leinwand zu bringen, die runden Schultern, in der aberwitzigen Hoffnung zu begreifen, wie er die Sonne aufsaugt, verschluckt, speichert. Mit idiotischer Hartnäckigkeit tagelang angetrocknete Farbe in ein Stück Stoff reiben, hin- und herschieben, wieder herauskratzen. Mulden und Anhöhen ausloten, Wülste, Falten: Welche Schatten wirft die Wirbelsäule, welche Muskeln spannen sich, welche sind gelöst, wenn sie im Gegenlicht spielerisch verloren ihren Kopf in die Armbeuge gräbt, sich einen der Zöpfe um die Finger zu wickeln versucht, wozu alle fünf eigentlich viel zu kurz sind, irgendeine Geschichte erzählt, auf die man nichts erwidern muß, plötzlich grundlos auflacht.

Der alte Al Hadschi legt seinen beidseitig gewetzten Säbel ohne Druck auf den schweißnassen, gewaltsam verdrehten Hals des Tieres, das zwei Männer in seiner Panik nur mit Mühe am Boden halten, ehe er im Namen Gottes des Barmherzigen, des Allerbarmers, einen klaren, geraden Schnitt knapp unterhalb des Kiefers zieht. Aus der jäh aufklaffenden Wunde sprudelt ein frischer Quell im Rhythmus des Herzschlags, fließt nur zum Teil in die Betonrinne ab, dickt zu schwarzrotem Quecksilber ein, versickert, trocknet auf. Plötzlich losgelassen, schnellt der Kopf in seine Ursprungslage zurück. Das Maul schnappt mechanisch Luft, die nirgends ankommt. Offene Sehnen, Adern, Röhren starren heraus wie gekappte Taue. Das Zucken erlahmt rasch. Da ist der Al Hadschi schon sechs Rinder weiter.

Ihre alberne Weigerung nach wie vor, den BH auszuziehen, wenn er malt, im Dorf geht sie selbstverständlich ohne zum Brunnen. Diesen Gang mit einer flüchtigen Skizze zu erfassen, übersteigt die Kräfte. Fraglich, ob sie versteht, weshalb er trotzdem nicht aufhört. Aber sie ist stolz, wenn sie sich erkennt, und ruft die Verwandten.

Einer dreht das Tier auf den Rücken, einer öffnet mit sicherem Schnitt die Bauchhöhle, eine riesige Menge Gedärm quillt heraus, wird beiseite geräumt, wabert in allen Farben um die nackten Füße, der Ältere steht, während er den Thorax freilegt, im offenen Rumpf. Zuerst kommt weißliches Fettgewebe zum Vorschein, dann der Knochen. Behende arbeiten sich die Messer am Brustkorb entlang, die Flanken herunter, schlitzen die Oberschenkel auf, schälen sorgfältig und an einem Stück das Fell von den Muskeln, auch das Leder bringt Geld, bis das Tier zum Schluß nackt auf seiner eigenen Haut liegt, ein Neugeborenes auf dem großen roten Badelaken. Die Beine bewegen sich unkoordiniert, der überdimensionale Penis schlackert hin und her, dunkelrosa mit einem Stich violett. Ein faltiges, feucht glänzendes Bündel, ohnmächtig dem routinierten Zugriff ausgesetzt. Beschmiert, abgetupft, gepudert. – »Geh doch draußen spielen, ist so schönes Wetter heute.« – Zuschauen, wie es im hohen Bogen auf Boden und Wickeltisch pißt: »Und das soll mein Bruder sein?« – Den Wasserhahn öffnen, die Hand drunterhalten, sich eine fangen. Die frisch gewaschenen Windeln sind naß, der Bruder wird freigesprochen, ihn trifft keine Schuld.

Später kommt Vater heim, wird schon an der Haustür in Kenntnis gesetzt, die Frau übt Verrat wie jeden Tag, nichts soll ihm verborgen bleiben, und seine Herrschaft reicht so weit der Himmel ist. Geht wortlos zum Schrank, nimmt einen Kleiderbügel – keinen von denen mit Omas olivgrünem

Häkelbezug, aus schierem Buchenholz einen, klarlackiert, der Lack hat an beiden Enden ein schönes Krakelee, winzige Partikel sind abgeplatzt. Überprüft zuvor, indem er den Bügel mehrmals kurz auf den Handballen schnellen läßt, dessen Stabilität.

Es bedarf großer Übung, Bewegungsabläufe mit einem Strich festzuhalten. Insbesondere die Schubkräfte, die der Körper auf einen Gegenstand richtet, sind schwer einzufangen.

Vom Rücken her breitet sich Hitze aus, Eiweiß denaturiert bei lebendigem Leib, wird fest, man kann die Haut mühelos abziehen, eine verkohlte, rissige Kruste, darunter liegt leckeres Fleisch. Bittere Flüssigkeiten sammeln sich in der Magengrube, Salzsäure, Bauchspeichel, Galle, deuten an, daß es unter bestimmten Umständen möglich ist, sich selbst zu verdauen. Einstweilen bleibt es bei einem flau schmeckenden Schwindel, der zusammen mit der inzwischen vollständigen Versteifung sämtlicher Gliedmaßen ein schrittweises Vornüberkippen verursacht, an dessen Ende das Gesicht ungeschützt aufs Parkett schlägt.
Bohnerwachsgeruch.

Die auseinandergehackten Hälften, einzelne Keulen werden von gelangweilten Trägern überkopf gestemmt, klatschen lautstark in die Kofferräume der überall bereitstehenden Taxis.

Auch 200 000 Cidis sind bei weitem zuviel.

Er müsse, um die Zustimmung seiner Eltern einzuholen, nach Deutschland fliegen. Vermutlich bringe er von dort zumindest seinen Vater mit, damit die Werbung den Gepflogenheiten der Vorfahren entsprechend zum Abschluß kommen könne. Auch seien verschiedene Formalitäten zu erledigen, Papiere, Unterschriften. Natürlich dürfte es schwierig sein, Geld zu besorgen. Er werde lange fortbleiben.

Erstmals beinahe einer Familie angehört zu haben.
 Bryana weint nicht, obwohl er seine Wohnung auflöst, die Bilder einschifft, für das Ticket sein Auto verkauft. Nana Kofi Akema richtet ein Abschiedsfest aus, aber Feste sind ohnehin an der Tagesordnung. Letzte Gänge.

»Rede nicht von Zukunft, wir hatten doch eine gute Zeit.«

Die klimatisierte Luft trocknet die Schleimhäute aus. Der Rauch kratzt im Hals. Mehr Bier. Eine mürrische Putzfrau stößt mit ihrem Besen seine Füße weg, das stählerne Kehrblech kreischt bei jeder Berührung mit dem Steinboden auf.
 Es wird niemand kommen, der ein großes Haus hat und dich nötigt, mindestens heute nacht bei ihm Gast zu sein.

Ria und Grete

Bei uns werde der Deich halten, bestimmt, hatte Vater gesagt, er halte seit zwanzig Jahren. Die Zeitung schrieb, daß es im Süden weiterhin regne, daß das Hochwasser steige, flußaufwärts seien ganze Landstriche überschwemmt. Das Laub hing gelb und naß von den Bäumen. Es gab keinen Himmel, nur den grauen Lappen Nebel, der nach Mist roch. Die Turmuhr schlug zwölf, dann heulte die Sirene wie jeden Samstag. Karl schaltete seinen Handpflug aus.

Ich hatte keine Angst zu ertrinken. Ich war traurig, daß es Winter wurde, da sperrte die Kälte einen oft ins Haus. Und enttäuscht, weil Ria dicke Bohnen gekocht hatte – die mochte ich nicht.

Karl trat zur Tür herein, nahm seinen speckigen Hut ab, die Gummistiefel hatte er draußen gelassen. Er setzte sich an den Tisch, steckte eine filterlose Zigarette an, strich den verklebten Rest Haare zurecht, mit einer Hand, die noch schmutziger war als seine Hose. Er trug zwei Paar Socken, durch die Löcher der oberen sah man die unteren, und sein linker großer Zeh ragte aus beiden. Karl hatte keine Frau, die sie ihm stopfte an den langen dunklen Abenden im Advent. Jedenfalls behauptete Grete, daß Karls Junggesellendasein der Grund für die Löcher, für seine ungepflegte Erscheinung sei. Er fragte: »Was macht die Schule?« Ich sagte: »Gut«, ohne von meinem Buch aufzuschauen, obwohl es langweilig war. Ich wollte mich nicht mit ihm unterhalten. Ich hoffte, daß er schnell mit dem Pflügen fertig wurde und wieder verschwand, hoffte es jedoch nur halb so inständig wie Grete, die kaum ein »Ja« oder »Nein« herausbrachte und einen Blick hatte, als würde sie Rattengift streuen. Ria hingegen stellte ihm Bier und Weinbrand hin, danach frische Rindfleischsuppe, die eigentlich zum Sonntag gehörte. Sie hatte sich frisiert am Morgen und kein Kopftuch gebunden, wie sonst bei der Arbeit. Ihre grauen Haare schimmerten einen Stich violett. Karl mußte dreimal versichern, daß er weder Maggi noch Salz und auch nicht mehr Eierstich wolle, ehe Ria sich setzte, ihm schräg gegenüber in gehörigem Abstand, und zuschaute, wie er seine Suppe löffelte, laut schlürfend und tief über den Teller gebeugt – mir hätte sie das nie durchgehen lassen. Nach einer Weile fragte sie: »Hatten deine Pflaumen auch Würmer?«

»Schlimm dies Jahr«, sagte Karl, »die Kirschen aber noch schlimmer.«

Ich überlegte, warum Ria, Grete und ich später aßen, und fand keinen Grund.

»Willst du noch Suppe?«

»Ja.«

»Ich hab auch dicke Bohnen gekocht.«

»Dann lieber nicht.«

Dicke Bohnen mit Mettwurst waren Karls Leibgericht. Nach der dritten Portion sagte er: »Danke, ich platz gleich« und pflügte weiter bis vier, da kam er zu Kaffee und Kuchen herein, obwohl Mist an seinem Ärmel klebte. Um sieben machte Ria ihm Schinkenbrote mit Gurke, hartem Ei und reichlich Butter. Neben der Bierflasche lag in einem Umschlag Geld.

»Als Ria und ich so alt waren wie du«, sagte Karl, »mußten wir bei Hochwasser mit dem Kahn zur Schule.«

Ich nickte.

»Sonst zu Fuß«, sagte Ria, »jeden Morgen eine halbe Stunde in Holzschuhen.«
»Ihr in Holzschuhen, wir nicht.«
»Stimmt. Ihr hattet richtige Schuhe.«
»Ria und ich sind immer zusammen gegangen.«
»Nicht immer.«
»Aber meistens.«
»Und erst war Messe.«

Danach lud er seinen Pflug auf den Anhänger und fuhr nach Hause. Den Umschlag ließ er liegen.

Nachdem Karl gefahren war, redeten Ria und Grete kein Wort miteinander. Auch am nächsten Tag nicht. Ihr Schweigen dauerte eine volle Woche, was jedoch nicht ungewöhnlich war. Daß es in Zusammenhang mit Karls Besuchen stand, ist mir aber erst sehr viel später klargeworden. Als Kind nahm ich an, daß Ria Karl gern hatte, während Grete ihn eben nicht mochte, so wie ich Tante Josy nicht leiden konnte, die mein Bruder über alles liebte. Ich dachte, das Schweigen sei fester Bestandteil ihres Lebens, nicht anders als der Nußbaum, die Hühner und das Feuer im Herd, und ich störte mich nicht daran, denn mit mir sprachen sie ja.

Karl kam immer im Herbst und im Frühling mit dem Moped aus Fehn, seinen Holder-Einachser auf dem Anhänger, um Ria und Grete den Garten zu pflügen, der so groß war, daß sie nur in ganz schlechten Jahren Gemüse, Kartoffeln oder Obst kaufen mußten. Außerdem kam er zusammen mit den Nachbarn am letzten Augustsonntag zum Kirmesfrühschoppen, wenn Ria ihren Himbeer-Baes anbrach. Karl gehörte dazu, er war im Haus nebenan aufgewachsen. Er hatte Kroov verlassen, weil sein älterer Bruder Gerd von dem Vorrecht auf die Schuhmacherwerkstatt des Vaters Gebrauch machte, die warf gerade genug für eine Familie ab. Karl übernahm nach der Meisterprüfung das Geschäft des verstorbenen Schuhmachers Horst Opgenhoff in Fehn, dessen Ehe kinderlos geblieben war. Bis in die sechziger Jahre hatte er so sein Auskommen gehabt, aber zusehends die Freude an seinem Beruf verloren. Niemand ließ sich mehr Schuhe von Hand nähen. Seine Arbeit bestand aus dem Kleben von Gummisohlen und Absatzflecken, zusätzlich bot er billige Fabrikschuhe an, für deren schlechte Qualität er sich schämte. Schließlich öffnete er sein Geschäft nur noch von Montag bis Mittwoch und kaufte sich den Holder-Einachser, um sein Einkommen aufzubessern, vor allem aber, um nicht den Rest seiner Tage allein in einem Zimmer zu sitzen. Seitdem pflügte er Gärten. Karl hatte nie geheiratet, was sehr ungewöhnlich war. Ich wunderte mich manchmal, daß niemand daran Anstoß nahm, weder in Kroov noch in Fehn. Im Gegenteil, die Älteren schauten traurig, wenn sein Name fiel, und selbst die Männer sagten: »Er hätte eine gute Frau verdient gehabt.« – Nur Grete schimpfte.

Ich verbrachte damals viele Tage bei Ria und Grete: Im Sommer, weil sie den Froschteich hatten, den schwarzen Spitz *Spitz* und ein Dutzend Katzen; im Winter, weil Grete Geschichten erzählte, die sonst niemand kannte, und immer, weil Rias Schokoladenpudding besser schmeckte als der von Mutter. Sie waren weitläufig mit uns verwandt, aber selbst Vater konnte nicht genau sagen, wie. Das Haus, in dem sie wohnten, hatte schon ihren Großeltern gehört. Es stand im äußersten Norden von Kroov, dort, wo der Weg zur alten Mühle entlangführte, in der wir auf keinen Fall spielen durften, denn sie konnte jederzeit einstürzen, und außerdem schliefen dort Landstreicher.

Während Grete das Grundstück nur verließ, um zur Kirche zu gehen, fuhr Ria morgens die Zeitungen aus, führte anschließend Wim Schraat, dem größten Bauern von Kroov, den Haushalt; am Nachmittag sammelte sie die Mitgliedsbeiträge des Landfrauenvereins oder Spenden für den Martinszug, und am Wochenende kochte sie für Festgesellschaften. Beide verbrachten kaum Zeit miteinander und fanden doch jeden Tag etwas, worüber sie sich stritten, zu dicke Kartoffelschalen, links gefaltete Wäsche oder einen Teelöffel im falschen Fach. Dort hielt sich der Streit aber selten lange auf, sondern wandte sich rasch älteren Zerwürfnissen zu, deren Anfänge vierzig, fünfzig Jahre zurücklagen: »In der Weltgeschichte herumgetrieben hast du dich und dir ein lustiges Leben gemacht. Ich habe unsere Mutter gepflegt«, sagte Grete dann. Und Ria antwortete: »Du hattest ja als Kind schon Angst, allein zum Bäcker zu gehen, und wehe, es war morgens noch dunkel.«

Grete war 1910 geboren, Ria ein Jahr später. Ihr Vater fiel 1917 in der Champagne. Sie hatten zwei Brüder gehabt, Walter und Josef. Walter lag auf einem Soldatenfriedhof in der Normandie; Josef wurde in Rußland vermißt.

Ria und Grete hatten nach der Volksschule als Hausmädchen zu arbeiten begonnen, um sich auf die Ehe vorzubereiten und die Aussteuer zusammenzusparen. Es gab keinen Mann im Haus, der Geld heimbrachte. Ria war bei Rechtsanwalt Dr. Urban angestellt gewesen, Grete bei Baron von Sügricht in Lempe, worum ihre Klassenkameradinnen sie angeblich beneideten, weil das eine Stadt war, wenn auch keine große. Sie kehrte jedoch nach acht Monaten zurück: Obwohl Lempe lediglich zehn Kilometer von Kroov entfernt lag, hatte sie derart unter Heimweh gelitten, daß der Baron ihre verheulten Augen nicht länger ertragen konnte und sie nach Hause schickte. So erzählte es zumindest Grete selbst. Ria sagte, sobald die Rede auf den Baron kam: »Der konnte seine Finger nicht bei sich behalten, das war doch bekannt.«

Viele Jahre reagierte Grete darauf höchstens mit: »Sei still, es sitzt ein Kind am Tisch.«

Erst als ich sechzehn oder siebzehn war, zischte sie mit zusammengebissenen Zähnen: »Und was ist mit Karl!«

Im selben Moment fiel ein gläserner Vorhang Stille ins Zimmer. Rias Kopf wurde rot wie eine offene Wunde. Dann zischte sie: »Gar nichts!«, drehte sich um, schlug die Tür zu, stieg auf ihr Fahrrad und fuhr davon.
»Was ist denn mit Karl?« fragte ich.
»Sie verrät nichts«, sagte Grete, »aber daß Karl schon als Halbwüchsiger hinter ihr her war, weiß das ganze Dorf. Deshalb ist sie ja damals weg von hier, weil sie sonst nachgegeben hätte.«
»Na und?«
»Ich bitte dich, sie waren nicht verheiratet!«
»Dann hätten sie halt geheiratet.«
»Wovon denn? Hatten doch beide nichts in der Tasche.«
Ria verließ Dr. Urban nach neun Jahren, um eine Stellung als Wirtschafterin beim Papierfabrikanten Flinterhoff in M. anzunehmen, der ein Verbindungsbruder von Dr. Urban war. M. lag siebzig Kilometer von Kroov entfernt. Ria bewohnte eine winzige Kammer unterm Dach, hatte Dienst von sechs in der Früh bis zehn am Abend, und Herrenbesuch war ihr strengstens verboten, was sie jedoch nicht störte. Sie war dreiundzwanzig und galt in Kroov als weitgereist. Wenn sie nach Hause kam, wurden die Nachbarinnen zum Kaffee eingeladen, damit sie hören konnten, was Ria aus der Fremde berichtete, und sie wunderten sich zum Beispiel darüber, daß die reichen Leute in der Großstadt nicht etwa viele Schweine hatten, sondern gar keins.
»Sie hat Karl sogar Briefe geschrieben«, sagte Grete, »das hat Henni Derksen erzählt, und deren Mann Fritz war damals hier Briefträger.«
Ria blieb bis zu einem verregneten Tag im Mai 44: Da stieg sie aus dem Luftschutzkeller, es gab keine Papierfabrik mehr, die Flinterhoffsche Villa war ein Haufen schwarzer Ziegel, und außer einem zerschrammten Koffer Kleider gehörte ihr nichts.

Sie schlug sich zu Fuß bis Kroov durch. Anders als in M. hatte sie genug zu essen, mußte das Zimmer aber wieder mit ihrer Schwester teilen, wie als Kind schon.

Walter war tot, Josef vermißt. Von Karl wußte man nur, daß auch er in Frankreich kämpfte – oder gekämpft hatte.

Unmittelbar nach der Kapitulation wurde Kroov evakuiert. Die Engländer errichteten in der Nähe von Lempe eine Zeltstadt auf freiem Feld, wo alle Leute der Gegend acht Wochen zwangsweise untergebracht wurden. Niemand wußte, ob er sein Haus je wiedersehen würde. Grete weinte die ganze Zeit, aß fast nichts und trug wenig zum Leben bei. Ria hingegen stahl nachts Gemüse und Kartoffeln auf den umliegenden Äckern, kochte und sorgte dafür, daß im Zelt Ordnung herrschte. Ihre Tüchtigkeit fiel Dr. Föcking auf, einem verwitweten Arzt aus K., der während der letzten Kriegstage bei Verwandten in Fehn Medikamente gegen Nahrungsmittel tauschen wollte und dann nicht mehr zurückfahren konnte, weil K. sich inzwischen in der französischen Besatzungszone befand.

Als Ria und ihre Mutter mit der völlig abgemagerten Grete wieder ins Haus zogen, waren die Vorräte geplündert, Tapeten von der Wand gerissen und ein Großteil der Möbel verfeuert worden.

Zu Weihnachten erhielt Ria einen Brief von Dr. Föcking. Er schrieb, daß sein Haus in K. nahezu unbeschädigt geblieben sei und die Praxis aus allen Nähten platze. Allerdings sei seine Haushälterin bei der Bombardierung K.s zu Tode gekommen, weshalb alles ein wenig verwahrlose, und daran schloß er die Frage, ob Fräulein Ria nicht eine Stellung bei ihm annehmen wolle: In K. fließe auch der Rhein, die Menschen seien freundlich und das Klima so mild, daß ringsum ausgezeichneter Wein wachse.

Da in der Gegend von Kroov niemand eine Wirtschafterin suchte und nicht einmal Karls Eltern eine Nachricht von ihm hatten, sagte Ria Dr. Föcking zu. Ihre Mutter sah das nicht gerne, denn bis nach K. waren es fast dreihundert Kilometer.

1948 kehrte Karl aus der Gefangenschaft zurück. Er sprach noch weniger als vor seiner Einberufung, und wenn er getrunken hatte, liefen ihm manchmal die Tränen. Die Leute in Fehn glaubten, seine Schweigsamkeit rühre vom Krieg her, vermuteten, er habe Fürchterliches mit ansehen müssen. In Kroov hingegen war man überzeugt, daß der Hauptgrund für sein Verstummen Rias Weggang gewesen sei. Möglich, daß er im Feld gelobt hatte, ihr einen Antrag zu machen, vielleicht hatte er seine Angst verloren, war zu allem entschlossen gewesen. Doch dann, als er vor ihrer Tür stand, halb verhungert, mit flatternden Augen, öffnete Grete und sagte: »Ria ist fortgegangen, in die Stadt, zu einem reichen Arzt.«

Sie kam selten nach Hause und nie bis nach Fehn. Karl wäre kein Grund gewesen, dorthin zu fahren, das hätte sich nicht gehört. Und selbst wenn ihr irgendein Vorwand eingefallen wäre: Wo hätten sie sich treffen sollen? Als anständige Frau ging sie in keine Wirtschaft, und im Haus eines gleichaltrigen Junggesellen hatte sie nichts zu suchen.

Ria und Karl sahen sich 1959 anläßlich der Beerdigung ihrer Mutter zum ersten Mal seit achtzehn Jahren wieder. Beim Kaffee saßen sie am selben Tisch, aber da beide nie gelernt hatten, wie man einem anderen Menschen sein Leben erzählt, schwiegen sie und starrten die Tischdecke an. Ria war froh, daß sie allen Grund zu weinen hatte, und Karl, als endlich der Schnaps gebracht wurde. Vier Monate später, Ende November, trafen sie sich zu Gretes fünfzigstem Geburtstag und trauten sich nicht zu tanzen, weil Ria noch Schwarz trug.

1966 starb Dr. Föcking an Krebs. Ria hatte ihn bis zum Ende gepflegt, ohne dafür im Testament bedacht zu werden.

Seine zehn Jahre jüngere Schwester, die ihn nicht einmal am Totenbett besucht hatte, ließ ihr einen Monat Zeit, sich eine neue Bleibe zu suchen. Ria fand, sie habe nun genug von der Welt gesehen, und da ihr ohnehin die Hälfte des Hauses in Kroov gehörte, kehrte sie zurück. Sie schlief jetzt nicht mehr mit Grete in einem Zimmer, sondern im Bett der Mutter.

»Karl kommt erst zum Pflügen, seit Ria wieder hier ist«, sagte Grete, »vorher ist er nicht gekommen, obwohl er bei vielen Leuten gepflügt hat. Da sieht man doch, wo der Hase langläuft.«

»Hast du ihn denn gefragt?« wollte ich wissen.

»Um Gottes willen, dann wäre nachher wieder wer weiß was geredet worden.«

»Aber Ria hat ihn gefragt, oder?«

»Ja sicher, von selbst kommt der nicht. Ria hat überhaupt keine Hemmungen, der ist völlig egal, was die Leute denken.«

Während der Zeit, in der Grete das Haus allein bewohnt hatte, hatte es keinen Kirmesfrühschoppen gegeben. Es war überhaupt selten Besuch dagewesen. Grete hatte nicht die Zeit zum Feiern gehabt, sondern den Garten bestellen müssen, denn es gab wenig Geld. Und sie hatte über das vorgeschriebene Jahr hinaus Trauer getragen, weil sie nicht wußte, wie man damit aufhört. Ria setzte bereits im ersten Sommer nach ihrer Rückkehr wieder Himbeer-Baes auf und lud die Nachbarn ein, damit endlich der Totengeruch aus den Räumen abzog.

1970 – da war ich zwei – brachte mein Vater mich zu ihnen. Sie sollten tagsüber auf mich aufpassen, damit meine Mutter arbeiten konnte.

»Verrat bloß nicht, daß ich dir was erzählt habe«, flüsterte Grete, als wir hörten, daß der Schlüssel in die Hintertür gesteckt wurde.

Ria kam mit zwei prall gefüllten Plastiktüten herein, räumte ihre Einkäufe in die Vorratskammer, ohne ein Wort zu verlieren, und vermutlich schwieg sie die ganze folgende Woche.

Bis 1988 pflügte Karl bei Ria und Grete, es gab dicke Bohnen mit Mettwurst, und das Geld ließ er liegen. Am 12. März 1990 schlief Grete wie immer abends um halb zehn ein, und am Morgen des 13. wachte sie nicht mehr auf. Soweit ich weiß, haben Ria und Karl sich zum letzten Mal bei Gretes Beerdigung getroffen. Er fuhr kein Moped mehr, und die sechs Kilometer von Kroov nach Fehn waren auch für Ria inzwischen zu weit.

Kurz vor ihrem 87. Geburtstag saß ich bei ihr in der Küche. Sie wollte mir gerade den zweiten Baes einschütten, er war vom Vorjahr, als das Telefon klingelte. Ria sagte: »Ich hab gar keine Zeit«, nahm aber trotzdem ab.

»Hallo?« – »Ach du bist es.« – »Und? Wie geht es so?« –»Mir auch gut.« – Danach schwieg sie.

Ich schaute aus dem Fenster. Dunkle Wolken hingen über dem Garten. Dort, wo früher die Kartoffeln gestanden hatten, wuchs Gras. Die ersten Kirschblüten öffneten sich. Der Rhein hatte Hochwasser, wie immer um diese Zeit. Als Kind hatte ich bei Ria und Grete keine Angst gehabt. Ihr Haus stand auf einer Kuppe, die noch nie überschwemmt worden war, seit es in Kroov Erinnerung gab.

»Ich glaube nicht, daß viele kommen, ich hab auch niemanden eingeladen.« – »So, das wird jetzt zu teuer für dich.« – »Genau.« – »Bis ein andermal.«

»Das war Karl«, sagte sie mit leicht geröteten Wangen. Daß sie mir einschenken wollte, hatte sie vergessen. Dann lachte sie wie ein Schulmädchen, das ein offenes Geheimnis hatte und hoffte, jemand würde danach fragen.

»Was war damals eigentlich mit Karl und dir?«

Sie sagte nichts, schaute mich statt dessen verschwörerisch an, stand auf und ging die Treppe zum Speicher hoch. Über mir knarrten die Dielen, es dauerte lange, ehe sie zurückkehrte. Sie trug eine große Schachtel vor sich her, die mit blaugrauem Marmorpapier bezogen war, und stellte sie feierlich auf den Tisch, öffnete den Deckel, schlug ein ebenfalls blaugraues Wolltuch zur Seite, sagte: »Paß aber bitte auf«, so, wie sie mich als Kind ermahnt hatte, und gab mir sehr vorsichtig einen schwarzen Schuh, der noch nie getragen worden war, einen Halbstiefel mit einfachem Muster, dessen leichte Unregelmäßigkeit zeigte, daß Karl es selbst ausgestochen hatte. Auf dem Spann wurden die Schnürsenkel durch Löcher, weiter oben durch eine Reihe Ösen bis zwei Fingerbreit über den Knöchel gefädelt. Alles war von Hand zugeschnitten und genäht. Ich hatte noch nie so weiches Leder angefaßt. »Sie sind Karls Meisterstück gewesen«, flüsterte Ria – so leise, als wünschte sie, ich verstünde es nicht. »Kurz bevor ich zu Flinterhoff gegangen bin, hat er sie mir gemacht: *Wenn du schon gehen mußt, Ria,* hat er gesagt, *sollst du wenigstens gut gehen.*«

Der Dattelhain

Ihre Koffer sind die ersten auf dem Gepäckband. Und sie hat es eilig: Morgen kommt der saudische Außenminister. *Ciao, vielleicht trifft man sich ja mal wieder.* Auch die Zöllner starren ihr ungläubig nach. Nein, sie wirft keinen Blick zurück. Die automatische Tür schließt sich lautlos. Damit ist unsere Geschichte zu Ende.

Ich habe nie in wärmere Augen als die von Sarah Khoury geschaut.

Achim grinst, wischt sich imaginären Schweiß von der Stirn, streift ihn am Hosenbein ab. Wir werden nicht kontrolliert. Ilse steht hinter der Absperrung, spricht mit Annerose, Carina an der Hand, Paul auf der Hüfte. Ich winke. *Guck, da ist der Papa,* sagt sie und zeigt mit dem Finger auf mich. Ich bin enttäuscht, weiß aber nicht warum. Sie hat einen bitteren Zug bekommen seit letztem Montag. Zumindest ist er mir vorher nicht aufgefallen. *Hallo Schatz.* Und sie soll den Friseur wechseln, die Strähnchen sehen wie selbstgemacht aus. *Schön, daß du wieder da bist. Wart ihr erfolgreich?* Unsere Lippen verfehlen sich, küssen Luft. *Papa, hast du ein Geschenk mitgebracht?* Jetzt weiß ich, was ich vergessen habe, und finde meine Tochter verzogen. *Freust du dich nur, wenn ich dir etwas mitbringe?* Achim fällt Annerose um den Hals, schiebt ihr die Zunge in den Mund, als wolle er sie auf der Stelle nehmen. Fünf Minuten zieht sich das hin, zwischendurch flüstert er ihr ins Ohr, lacht laut, sie kichert, ein Schulmädchen Anfang Fünfzig, dem greift er links in den prallen Hintern, während er mit rechts seine PIN ins Telefon drückt. *Beneidenswert*, sagt Ilse, *und das nach zwanzig Jahren Ehe*. Ich überhöre den Vorwurf, damit es nicht gleich wieder Streit gibt. *Weißt du, Ilse, ich kenne Achim schon ziemlich lange. Und auch ein bißchen besser. Wir haben inzwischen vier Clubs zusammen gebaut...* – Ich will ein Taxi nehmen und in irgendein Hotel fahren, wo Ruhe ist, nur Ruhe.

Das Meer war derart blau, daß ich dachte, dem lieben Gott muß während der Schöpfung etwas vom Himmelsstoff abgebröckelt und aus der Hand gefallen sein, das hat er achselzuckend liegengelassen, weil er fand, daß es so besser aussah als mit Wasser. Glücklicherweise konnte man draußen auf der Terrasse frühstücken mit der Morgensonne im Nacken und dieser makellosen Aussicht vor sich, die entschädigte für ein mittelmäßiges Buffet und schlampig geputzte Zimmer.

Tags zuvor hatte uns Direktor El Choly erklärt, die ganze Anlage sei ursprünglich für die ägyptische Mittelschicht gebaut worden, doch die löse sich in den letzten Jahren mehr und mehr auf, Ägypten werde nämlich von Eseln regiert, selbst wenn man das im Ausland anders einschätze, weshalb das Objekt jetzt eben zum Verkauf stehe, vergleichsweise preiswert, wie wir ja wüßten, aber natürlich müsse einiges investiert werden, bis europäische Standards erreicht seien. Ich war El Choly dankbar für seine Weitschweifigkeit, denn so hörte Sarah nicht auf zu übersetzen, und ich konnte ihr dabei ins Gesicht schauen, ohne daß es sonderbar wirkte, und ihrer Stimme folgen, in der die Welt warm und menschenfreundlich wurde, sogar die ägyptische Bürokratie, die alle zukunftsträchtigen Ideen zermalmte wie Mühlsteine, von Ochsen angetrieben, und auch der Präsident, der der unfähigste Präsident aller Zeiten war, schlimmer noch als ein Pharao – er lächelte. Später sind wir den Strand entlanggegangen, der für Juni wirklich überraschend leer war. Ein leichter Wind vom Wasser her machte die Nachmittagshitze erträglich. Direktor El Choly hielt sich zurück. Statt dessen erläuterten uns jetzt Dr. Mahmoud und Khaled Samir vom Tourismusministerium den einzigartigen Stellenwert der Gastfreundschaft im Islam sowie die jüngsten Erfolge der Regierung bei der Bekämpfung des Terrorismus, und mir war kaum noch unbehaglich angesichts der vier Elitesoldaten, die uns vom ersten Tag an begleitet hatten, immer die Maschinenpistole im Anschlag. Muscheln knirschten bei jedem Schritt, ein Schwarm kleiner Fische schoß unter dem Steg hin und her, Schiffe warteten auf ihre Genehmigung, in den Suezkanal einzulaufen. Sarah ging zwischen Dr. Mahmoud und mir und sagte *Selbstverständlich unterstützt die Regierung Ihr Vorhaben bedingungslos,* während unsere Ellbogen gegeneinanderstießen, *denn wirtschaftlicher Aufschwung und neue Arbeitsplätze sind die schärfsten Waffen gegen die Ausbreitung des Fundamentalismus in unserem Land.* Achim hielt sich abseits und hörte nicht zu, es stimme doch immer nur die Hälfte von dem, was die Leute einem erzählen würden. Er prüfte das Gelände lieber mit eigenen Augen und dem Blick des erfahrenen Architekten, der jeden Handwerker für einen potentiellen Betrüger hielt, dem er als Bauleiter auf die Schliche kommen mußte. Irgendwann schlenderte er wie zufällig heran, sagte zu Sarah, ohne sie anzuschauen, das brauche sie jetzt nicht zu übersetzen, ob ich die Frachter dahinten gesehen hätte, seines Erachtens würden die hier systematisch Altöl verklappen, unten am Wasser sei der ganze Sand voller Teerplacken, seine Espadrillos könne er jedenfalls wegschmeißen. Abends in der Hotelbar saß er neben Sarah. Ich konnte nicht hören, worüber sie redeten beziehungsweise worüber Achim redete, es lief laute arabische Popmusik, ich sah nur, daß er gestikulierte und die Lippen bewegte, während Sarah nickte, sich ihre blauschwarzen Haare aus dem Gesicht strich und manchmal eine Frage stellte. Im Zweifel ging es um ihn und um seine Architektur. Unsere ägyptischen Gastgeber verabschiedeten sich früh. Ich unterhielt mich mit Schäfer und Knies. Schäfer sagte, man habe hier im Prinzip dieselbe Zielgruppe wie in Hurghada oder Sharm el-Sheikh, biete dieser Zielgruppe für dasselbe Geld jedoch deutlich weniger. Knies hielt die Bausubstanz der gesamten Anlage für marode. Offensichtlich fand Sarah irgend etwas an Achim – so wie zahllose Frauen vor ihr. Als ich mich gegen Mitternacht verabschiedete, wirkte sie aufgekratzt und machte keine Anstalten, schlafen zu gehen, dabei hatte sie von allen den härtesten Tag gehabt.

Ihr Vater ist Libanese, sagte Achim, stellte sein Tablett mit Orangensaft, Haferflocken, Obst auf den Tisch und setzte sich, ohne zu fragen, ob er störe. *Aber aufgewachsen ist sie bei ihrer Mutter in einem bayrischen Dorf – hast du den leichten Akzent gehört?* Er war bereits eine halbe Stunde schwimmen gewesen, im Meer, trotz des Öls. Er schwamm seit seinem fünfzigsten Geburtstag jeden Morgen und mußte anschließend bei jedem Frühstück darüber reden. *Ich weiß, du machst keinen Sport, habe ich in deinem Alter auch nicht gemacht, warte noch fünf, sechs Jahre, bis zum ersten Bandscheibenvorfall, dann bist du froh, wenn du noch schwimmen kannst.* Ich nickte und hätte ihn am liebsten gebeten, sich einen anderen Tisch zu suchen, doch dann kam Sarah und fragte mich, ob sie sich dazusetzen dürfe. Von Achims Einverständnis ging sie offenbar aus. Ich hatte Mühe, ein klares *Ja, natürlich* über die Lippen zu bringen. Meine Stimme klang vermutlich eher geschäftsmäßig. Ich weiß nicht, ob es daran lag – jedenfalls wandte sie sich sofort Achim zu und verwandelte mich in Luft. Ich war nicht einmal ein Störfaktor in ihrem Gespräch, ich war überhaupt nicht vorhanden, weder für Achim noch für sie.

Am Horizont berührte der Himmel die Wasseroberfläche nur leicht. Ich hätte gerne noch einmal von vorne angefangen, in einer anderen Haut. Beim Anblick des Meeres kann man nachdenklich werden, das wundert niemanden, solange man nicht weint, schreit, davonrennt oder mit Tellern wirft.

Natürlich schloß Sarahs Vertrag keine persönlichen Mitteilungen ein. Sie übersetzte mir, was die Ägypter sagten, und den Ägyptern, was ich sagte. Während der Arbeit hatte sie eine gewisse Freundlichkeit an den Tag zu legen. Dafür wurde sie bezahlt. Ob sie gut geschlafen hatte, wer ihr Vater, ihre Mutter waren und wie sie sich fühlte, so zwischen Morgen- und Abendland, ging mich nichts an.

Schon auf dem Parkplatz, noch ehe wir in den Bus stiegen, um nach Kairo zu fahren, stand fest, daß Sarah und Achim nebeneinandersitzen würden, obwohl er sich alle Mühe gab, sein Gespräch mit ihr zufällig erscheinen zu lassen. Berta Wiechmann flüsterte, Achim Weibel habe sich jetzt wohl entschlossen, privat Arabischstunden zu nehmen, was ja auch Zeit werde, schließlich sei das hier nach Oman und Abu Dhabi sein drittes Großprojekt in der Region.

Ich wollte allein sein – so allein wie man zusammen mit fünfundzwanzig Leuten in einem Reisebus sein kann, und versuchte beim Einsteigen sowohl konzentriert als auch völlig abwesend zu wirken, damit niemand auf den Gedanken verfiel, sich neben mich zu setzen. Die Plätze vor mir hatten Achim und Sarah.

Die Straße führte zunächst am Wasser entlang. Wo immer man auf den Strand schauen konnte, war er nur spärlich besucht. Die Schlange der wartenden Schiffe hingegen riß nicht ab. Vor dem Tunnel unter dem Suezkanal standen wir eine halbe Stunde im Stau und starrten auf haushohe Betonwände. Glücklicherweise hatte Frau Krause den teuersten Bus gebucht, die Klimaanlage funktionierte. Achim und Sarah sprachen sehr leise. Nur einmal ahmte sie eine dicke bayrische Wirtin nach, woraufhin beide in schallendes Gelächter ausbrachen. Durch den Spalt zwischen den Sitzen sah ich, daß Achim kurz seine rechte Hand auf ihren Unterarm legte. Der Tunnel war kaum beleuchtet. Ich stellte mir vor, die Decke würde einbrechen und das gesamte Wasser sowohl des Roten als auch des Mittelmeers in diese Dunkelheit stürzen. Um so heller wurde das Licht am Ende, es tat einen Schlag, und Augenblicke später fuhren wir durch die Wüste. Rechts und links flache Dünen, aus denen hier und da ein Dornbusch ragte. Dann endlose Geröllfelder. Mitten in der steinigen Ebene zerfielen rostige Tanks, Ölfässer. Solange Sarah sich vorbeugte, um besser hinausschauen zu können, sprach nichts dagegen, daß Achims Hand sich an ihrer Rückenlehne aufstützte. Die getönten Fensterscheiben ließen das Blau des Himmels tief scheinen. Ich hörte, wie Sarah *Rückenschmerzen* sagte und Achims Lieblingswort *Bandscheibenvorfall*. Ein Dutzend staubige Palmen und graues Gestrüpp bildeten eine Art Oase, aber ich sah weder eine Wasserstelle noch Brunnen. Unmittelbar daneben flattrige schwarze Zelte, Wellblechhütten, ein neuer roter Landrover. Ich hatte Sarah höchstens auf fünfunddreißig geschätzt. Am Straßenrand lag ein toter Schakal oder Fuchs. Vermutlich vertrug ihre Wirbelsäule lange Busfahrten nicht gut. Die Strecke bestand hauptsächlich aus Schlaglöchern. Achim wußte einen Chirurgen, der ausschließlich Fälle operierte, die andere Ärzte aufgegeben hatten. Ich schaute zweimal hin: Achims Hand befand sich mittlerweile auf einer Höhe mit Sarahs Lendenwirbeln, die nur noch eine Daumenlänge von der Lehne entfernt waren, und er begann, ihre Schmerzpunkte mit seinen Fingern einzukreisen, als sei er selbst der Arzt, den er soeben empfohlen hatte. Ein zerlumptes Kind zerrte seine Ziege über einen flirrenden Spiegel, auf dessen Rückseite immer Nacht herrschte. Sarah war unschlüssig, wie sie reagieren sollte, und sagte *I glaub, mir san in Ofrika,* um wenigstens Grund zum Lachen zu haben. Verschiedene Regungen glitten über ihr Gesicht. Das war auch im Halbprofil deutlich erkennbar. Und, wie sich die Härchen auf ihrem Arm aufstellten. Achim fragte, *Ist es dir unangenehm?* und Sarah antwortete nicht *Nein,* woraufhin er die Behandlung auf Nierengegend, Schulterblätter und Nacken ausweitete. Seine Züge behielten den feierlichen Ernst eines Mediziners, der mit ganzheitlichen Methoden arbeitet. Als Sarah sich gerade an Achims Hand gewöhnt hatte, klingelte sein Telefon. Allerdings gab es im Bus keine hintere Ecke, in die er sich für ein wichtiges Dienstgespräch, dessen Inhalt streng vertraulich gewesen wäre, hätte zurückziehen können. An der Mühe, die es ihm bereitete, seinen Ton zwischen langer Vertrautheit und kurzfristiger Unterkühlung auszubalancieren, merkte Sarah, daß er mit seiner Frau oder Freundin sprach. Ich wußte, es war Annerose, obwohl er sie weder beim Namen nannte noch etwas Liebevolles sagte, im Gegenteil: Ihr Anruf käme ziemlich ungelegen, wir würden gerade Kairo erreichen, seien in ein paar Minuten auf dieser Farm oder um was immer es sich dabei handele – nein, die Objekte, die man uns bislang gezeigt habe, hätten ihn allesamt nicht vom Hocker gerissen –, jetzt müsse er wirklich Schluß machen, er melde sich später.

Danach schwieg Achim ein Weile und schaute mißmutig aus dem Fenster, bis ihm halbfertige, zum Teil im Rohbau schon bewohnte Häuser entlang der Straße Anknüpfungspunkte boten, seine Unterhaltung mit Sarah fortzusetzen. Er gab ein paar Belanglosigkeiten über moderne Architektur im Orient von sich, brach unvermittelt ab, eine Kunstpause, und fragte völlig zusammenhanglos *Weitermachen?* Sarah sagte wiederum nicht *Nein.*

Der Bus bog in einen Feldweg, auf dem verwahrloste Kinder Fußball spielten, rechter Hand hingen Rinderviertel in der prallen Sonne, der Fahrer hupte, dürre Hühner rannten in alle Richtungen davon. Und dann wurde das Land auf einmal grün. Satte Wiesen, auf denen Pferde grasten, Tomaten-, Paprika-, Pfeffersträucher, Palmen aller Art in allen Größen, Zedern, Akazien, Obstbäume. Dazwischen fensterlose Lehmhütten, in denen offenbar Menschen lebten, denn auf den Dächern trocknete Wäsche, waren Fernsehantennen montiert. Dr. Mahmoud kam an meinen Platz und begann *All this wonderful...* aber Sarah stand sofort auf, strich sich den Rock zurecht, aus dem hinten das T-Shirt herausgerutscht war, und er sprach weiter durch ihren Mund, mit ihrer Stimme: *Dieses ganze wunderbare Land, das Sie hier sehen, gehört Herrn Mohammed Charif, der die Ehre hat, Sie heute als seine Gäste zu begrüßen, und er möchte es gerne verkaufen, weil seine eigenen Geschäfte ihm nicht erlauben, sich darum zu kümmern.* Wir fuhren jetzt in einen Wald aus Dattelpalmen, durch deren aufgefächerte Wedel tausend Lichtstrahlen brachen und auf Boden, Stämmen, Mauern flimmernde Muster warfen, als hätte jemand eine Riesenspitze geklöppelt und vor die Sonne gespannt. Wir hielten auf einer Kuppe bei einem flachen quadratischen Landhaus aus weißem Stein, das rundherum von einer überdachten Terrasse umgeben war, damit seine Bewohner zu jeder Tageszeit im Schatten ausruhen konnten, nachdem sie einige Bahnen durch den türkis gekachelten Pool gezogen hatten. Jetzt trieben lediglich Melonen im Wasser. Im Hauptraum des Hauses, der zum Pool hin offen war, wartete ein unglaubliches Buffet. Mädchen mit Kopftüchern boten frische Säfte an. *So habe ich mir als Kind das*

Paradies vorgestellt, sagte Achim. Mohammed Charif und sein Bruder Hisham begrüßten uns in akzentfreiem Englisch. *Have you already seen the pyramids over there?* Nein, hatte ich nicht, zwischen den Bäumen drei Spitzen, sie schienen ganz nah. Achmed Charif, ihr Vater, der der Leibarzt des letzten ägyptischen Königs Faruk gewesen war, hatte das Gebiet – damals ein Stück Wüste – Anfang der vierziger Jahre gekauft, Probebohrungen machen lassen und war tatsächlich in dreißig Metern Tiefe auf einen gigantischen unterirdischen See gestoßen, eingeschlossen seit dem Pleistozän. Mit diesem Wasser, dessen Qualität einmalig sei, das man direkt aus dem Brunnen trinken könne, ohne Aufbereitung, habe er dann angefangen, das Land zu kultivieren. Übrigens fließe es auch ständig frisch in den Pool, hier vorne sähe ich es aus der Mauer kommen und durch dieses Abflußrohr, über dem Sarah stand, laufe es auf die Felder. Sarah in ihrem enganliegenden knöchellangen Leinenrock schaute einem Schwarm Bienenfressern nach und nippte versonnen ihren Mangosaft, während ein leichter Wind durch ihre Haare fuhr, die sie heute offen trug, schwere schwarze Wellen bis auf den Rücken. Derzeit werde das Gelände von etwa sechzig Pächterfamilien bewirtschaftet, was jedoch vollkommen unrentabel sei. Sie wirkte seltsam verloren. Ich suchte nach Achim, konnte ihn aber nirgends entdecken. Dabei wäre jeder, der es nicht besser gewußt hätte, davon ausgegangen, daß sie die Herrscherin über dieses Land sei, seit mindestens fünftausend Jahren – jeder, der ihre schmalen Fesseln, die sanft geschwungene Nase, die hohe Stirn vor den Palmen gesehen hätte, und ihre Augen, vor allem ihre Augen, die nirgends Halt fanden. Dann sah ich Ilse, auch erst vierunddreißig, mit ihrem falschen Blond vom teuersten Friseur, den perfekt konturierten Lippen, die fast nichts aß, jeden Tag Sport trieb und ihre Schönheit doch nicht wiederfand. Ich überlegte, wann ihr das abhanden gekommen war, was ich geliebt hatte, konnte mich aber weder an ein bestimmtes Ereignis noch an einen konkreten Zeitpunkt erinnern, und vielleicht wäre es mir auch gar nicht aufgefallen, wenn Sarah da nicht so vollkommen allein in der Sonne gestanden und sich eine Strähne hinters Ohr gestrichen hätte.

Nach dem Essen führte uns Mohammed Charif über das Gelände. Da er ohnehin lieber Englisch sprach, brauchte Sarah nicht zu übersetzen und konnte mit Achim gehen. Allein zwanzig unterschiedliche Dattelpalmen wüchsen hier, dreißig Sorten Mango. Achim versuchte offenbar abzuklären, wie es mit ihnen nach dieser Busfahrt weitergehen würde. Den Sinn von Frau Krauses Bemerkung über Tierquälerei verstand Mohammed nicht: Natürlich würden die Esel jeden Tag Stunden im Kreis laufen, um Wasser zu fördern, das sei ihre Arbeit, eine uralte Technik übrigens, die schon die Pharaonen genutzt hätten, und mit den Büffeln werde tatsächlich noch gepflügt. Ich hörte, wie Sarah *Du bist verheiratet* zischte, und Achim *Das eine hat doch mit dem anderen nichts zu tun* antwortete. Wir könnten selbstverständlich die Bauern später als Küchenhilfen, Kellner oder Putzfrauen anstellen, die Gehälter seien sehr niedrig hier in Ägypten. Ein Junge schlug mit einem Rohrstock auf einen sandfarbenen Hund ein, dessen Rippen man zählen konnte. *Ich habe Grundsätze,* sagte Sarah, und Achim lachte darüber derart grob, daß ich an ihrer Stelle nie wieder ein Wort mit ihm gewechselt hätte, aber sie zog nur vieldeutig die Brauen hoch.

Als wir uns von Mohammed verabschiedeten, fürs erste weitgehend einig, ging die Sonne unter, so überstürzt, als hätte sie etwas zu verbergen. Auf der Fahrt durch das nächtliche Kairo war es dunkel im Bus, aber niemand schaltete seine Leselampe ein. Achim flüsterte Sarah mehrfach kurze Sätze ins Ohr. Nicht, weil es etwas zu sagen gab, sondern weil er ihr Haar riechen wollte, und damit sie seinen feuchten Atem im Nacken spürte. Sie wehrte ihn nicht ab. An einem großen, hell erleuchteten Platz sah ich im Licht der Straßenlaternen, das durch die Fenster fiel, daß er ihr seine Hand von hinten in den Bund geschoben hatte.

Bei der Ankunft klagte ich über starke Kopfschmerzen und zog mich, ohne etwas zu essen, auf mein Zimmer zurück, um nicht mit ansehen zu müssen, wie Achim Sarah unterm Tisch zwischen die Beine griff. Lange habe ich dann auf dem Balkon gestanden, es war sehr warm und vollkommen windstill, und auf den Nil hinuntergeschaut, der alt und merkwürdig kraftlos wirkte, und die bunten Lampions gezählt, die das überfüllte Gartenrestaurant am Ufer erleuchteten – erst alle Birnen zusammen, 643, dann nach Farben getrennt, rote, grüne, blaue, gelbe.

Um halb zwölf habe ich mich schließlich hingelegt und konnte nicht schlafen, obwohl ich todmüde war. Gegen eins hörte ich eine Männer- und eine Frauenstimme über mir. Mein Zimmer hatte die Nummer 915 und befand sich im neunten Stock. Ich wußte, daß Achim und Sarah im zehnten wohnten, aber ihre Nummern kannte ich nicht. Die beiden klangen ausgelassen, vielleicht hatten sie zuviel getrunken. Es folgten schnelle, heftige Schritte, als spielten sie Fangen. Die Frau kreischte, der Mann lachte. Ich legte mein Ohr an die Wand, weil ich sicher sein wollte, ob tatsächlich sie es waren. Sie konnten es sein, sie konnten es nicht sein. Einen Moment später stöhnte das Bett unter dem gleichzeitigen Aufprall zweier erwachsener Körper. Danach Stille, drei, vier Minuten lang, ehe die Matratze das erste Mal knirschte. Ein einzelner Stoß, dem mit einigem Abstand ein zweiter folgte, ein dritter, die Abstände wurden kürzer, und die Schreie der Frau schoben sich über das Ächzen des Bettes, im selben Takt, eher dunkel als spitz und sehr laut. Der letzte gegen Viertel vor fünf.

Ich sah weder Achim noch Sarah beim Frühstück, aber das mußte nichts heißen, denn ich selbst war schon um kurz nach sieben unten, und das auch nur für zwanzig Minuten, während derer ich wie krank überlegte, den Mann an der Rezeption zu fragen, welche Zimmernummern denn Frau Khoury und Herr Weibel hätten, ich müsse anrufen. Ich fragte dann doch nicht.

Um zehn nach elf kamen Achim und Sarah aus der Eingangshalle gerannt, alle anderen warteten bereits im Bus, Berta Wiechmann hatte Sorge, wir würden das Flugzeug verpassen, dabei waren noch vier Stunden Zeit. Achim trug Sarahs Koffer. Zum Glück gab es zwei freie Plätze nebeneinander. Sie hatte ein kurzes, feuerrotes Kleid an. Noch bevor sie sich setzte, fragte sie Achim so laut, daß es jeder hören konnte, *Magst du mir das Kleid zumachen?* Und Achim zog unendlich langsam zwischen Daumen und Mittelfinger den Reißverschluß hoch und fuhr mit der Kuppe des Zeigefingers ihr Rückgrat entlang.

Ich liebe meine Kinder. Ich möchte, daß sie ein schönes Leben haben. Es soll ihnen an nichts fehlen, wie soll das gehen? *Gibt es hier keine Gepäckwagen, verdammt.* Paul erschrickt und fängt an zu weinen. Achim und Annerose winken kurz, *Wir telefonieren!*, ehe sich hinter ihnen die Aufzugtür schließt. *Ist ja gut, Paul, brauchst doch nicht zu weinen.* Er muß sich an meine Stimme erst wieder gewöhnen. *Warum brüllst du auch so?* sagt Ilse. Es klingt scharf. Sie wird trotzdem mit mir schlafen wollen, sobald die beiden Kleinen im Bett sind. Sicher hat sie eine Flasche Sekt oder Prosecco oder Champagner kalt gelegt, den soll ich bei gedämpftem Licht mit ihr trinken, irgendwann setzt sie sich dann auf meinen Schoß und flüstert: *Zieh mich aus.* Und das werde ich nicht tun. Ich werde ihren dünnen, sehnigen Körper nicht mehr anfassen. Heute, vielleicht morgen noch kann ich mich mit einer anstrengenden Woche herausreden, kann ich sofort einschlafen oder zumindest so tun, als ob. Weiter weiß ich nicht. *Du bist nicht gerade mitteilsam,* sagt sie, *erzähl doch was, ich bin neugierig. – Wir haben ein hervorragendes Objekt gefunden,* sage ich, *direkt bei den Pyramiden, und mit unseren ägyptischen Partnern sind wir auch weitgehend handelseinig geworden, unsere Preisvorstellungen stimmen ziemlich überein. Das Wasser – sie haben da fossiles Wasser aus Tiefbrunnen, das soll noch auf Keime untersucht werden, aber ich sehe da keine Schwierigkeiten, und dann können die Notare den Kaufvertrag aufsetzen. Achim denkt schon nach, wie wir bauen können. Wahrscheinlich muß ich nächste Woche für länger fort.*

Das Mittagessen

Hermann Wilbert hat mit einem Schuß Orangensaft die Salatsoße abschließend verfeinert. Auf der Schürze, die Thea, seine Frau, ihm binden mußte, steht mit weißen Buchstaben auf schwarzem Grund *Hier kocht der Chef.* Um die Schrift sind zwei Messer, eine Karotte, Zwiebeln, ein Stück durchwachsener Bauchspeck und mehrere Mettwürste bunt aufgedruckt. Thea hat sie selbst für ihn ausgesucht. Elisabeth ist ihre Tochter. Ihr künftiger Mann heißt Jonas Fiebig. Es ist ihr erster gemeinsamer Besuch. Sie stehen in der Küche. Die Salmsteaks kosteten dreiundzwanzig Mark und sechzig Pfennig an der Frischfischtheke im Supermarkt und waren vorige Woche im Angebot, da hat Hermann für sich und seine Frau schon mal welche geholt. Dazu wird es Salat geben und Petersilienkartoffeln. Thea ist froh, daß ihr Mann jetzt ab und zu das Kochen übernimmt. Bis zu seinem Ausscheiden aus dem Schuldienst vor zwei Jahren mußte sie das Essen jeden Mittag fertig haben, wenn er nach Hause kam. Auch beim Abwasch ist er ihr nie zur Hand gegangen, was sie nach wie vor nicht erwartet. Er hatte viel Arbeit im Beruf. Hermann Wilbert kocht auf andere Weise als seine Frau. Schon im Vorfeld verbraucht er die doppelte Menge Geschirr. Jede einzelne Zutat, jedes Gewürz, und sei es nur eine Prise, wird, ehe sie zum Einsatz kommt, exakt abgemessen in einem Schälchen bereitgestellt. –

Müsse er denn für das bißchen Petersilie auch noch eine Schüssel schmutzig machen? sagt Thea.

»So ist das eben«, sagt Hermann.

Aber sie dürfe nachher alles spülen.

»Jetzt laß mir die Ruhe, ich bin mit der Hollandaise dran, das siehst du doch«, sagt Hermann. Thea nimmt den Schöpflöffel, der benutzt auf der Abstellfläche liegt und taucht ihn – den werde er wohl heute kaum mehr nötig haben – in das immer wartende lauwarme Spülwasser. Sie wischt ihn gründlich mit dem gelben Schwammtuch, trocknet rasch ab und hängt den Schöpflöffel über den Kühlschrank an die Magnetleiste, wo er neben der Geflügelschere seinen Platz hat. Elisabeth deckt den Tisch. Jonas Fiebig lehnt an dem eierschalfarbenen, mit pflegefreundlichem Kunststoff furnierten Küchenschrank und weiß nicht, wohin mit seinen Händen. (Er erinnert sich der Mahnung seines Vaters bei feierlichen Anlässen: *Hände aus den Hosentaschen, der liebe Gott sieht alles* und Mutters *So beulst du die Taschen aus, Jonas.*) Er ist um einen guten Eindruck bemüht. Unterwegs hatte Lisa (so nennt er Elisabeth) nochmals gesagt, daß ihr Vater leidenschaftlich koche, darüber könne Jonas sich mit ihm doch unterhalten. Er fragt nach dem Rezept:

»Den Fisch dreißig Minuten mit Weißwein, Tomate und Maggi-Gewürzmischung 4 im Bratschlauch bei mittlerer Hitze in den Ofen. Du kannst bei Melitta eine Broschüre mit Rezepten für den Bratschlauch anfordern«, sagt Hermann Wilbert, dessen ganze Aufmerksamkeit auf das Rühren der Wermuthollandaise gerichtet ist. Noch etwas Butter. Noch etwas Salz. Dann holt er hastig den Fisch aus dem Ofen. Er legt auf jeden Teller eine dicke Scheibe und begießt sie mit Soße. Thea bringt die mit der Petersilie bestreuten Kartoffeln.

Man kriege jetzt so schöne frische Kräuter tiefgefroren, da habe man keine Arbeit damit.

»Wir wollen beten«, sagt Hermann Wilbert: »Im Namen

des Vaters und des Sohnes und des Heiligen Geistes, Amen. Wir danken dir, Gott, für diese deine Gaben, die wir durch deine Güte jetzt empfangen werden. Im Namen des Vaters und des Sohnes und des Heiligen Geistes, Amen. – Guten Appetit«, sagt er, während er den Wein einschenkt. Seine Frau bittet, ihr nur ein halbes Glas zu geben, sie könne den Wein gar nicht mehr gut vertragen und werde furchtbar rot davon im Gesicht, die Backen würden richtig glühen, und Schweiß bräche ihr aus, der laufe dann nur so an ihr herunter, daß sie klatschnaß sei und sich von Kopf bis Fuß waschen müsse und frische Wäsche anziehen. Schrecklich.

»Zum Wohl«, sagt Hermann Wilbert, indem er das Glas erhebt und nach dem ersten Schluck, den er fachkundig durch gespitzte Lippen schlürft und dann im gesamten Mundraum hin und her spült: »Thea, der Wein schmeckt gut.«

Lisa sagt: »Feines Tröpfchen, das du da gekauft hast, Vater.«

Jonas nickt zustimmend.

»Es ist doch so«, sagt Hermann Wilbert, »es ist doch einfach so.«

Und seine Frau Thea denkt, daß es recht so ist, daß manches besser sein könnte, jedenfalls ist es nicht einfach. Sie sagt, früher sei es aber auch nicht einfach gewesen, wenn sie daran denke, was man nach dem Krieg, ja sicher, sie noch als Kinder, elf, zwölf Jahre alt, was man alles mitgemacht habe ohne fließend Wasser und elektrischen Strom, natürlich hätten sie auch kein Auto gehabt, ihr Vater auf der Post, ein Einkommen, große Sprünge seien da nicht dringewesen, gut, sie selbst hätten nie gehungert, ein Bauer aus der Verwandtschaft habe im Nachbardorf gewohnt, aber es hätten viele Häuser in Trümmern gelegen, sie denke oft, die Jugendlichen heutzutage, wenn die in ihrem Leben eine solche Zeit..., man wolle es ihnen nicht wünschen, daß sie dann über manches anders dächten und zufriedener wären und dankbarer dafür, daß es ihnen so gut ginge, die Eltern hätten ihr Leben lang dafür gearbeitet, sie jedenfalls habe dieses Anspruchsdenken nicht gekannt, damit wäre es auch nicht wieder aufwärts gegangen, damals sei auch viel zuviel zu tun gewesen, als daß man habe Forderungen stellen und immer nur an sich denken können, und das präge die jungen Leute, wenn sie immer alles in den Schoß gelegt bekämen, sich für nichts wirklich mühen müßten, wie sollten sie dann lernen, mit Schwierigkeiten zurechtzukommen, in die müsse man sich nun mal reinschicken, so sei doch das Leben, Unvorhergesehenes stelle sich in den Weg und im Alter gleich dreimal, sobald man, gut, alt seien sie auch noch nicht, sobald man aber mal über fünfzig sei, hier was, da was, kleinere und größere Molesten, und es gebe keine Garantie, schnell sei es passiert, Annemarie Rosenbauer, die berühmte Sängerin, Jonas kenne die bestimmt, die sonntags abends früher doch so schöne Sendungen im Fernsehen, *Liedergarten* und *Musik für ruhige Stunden,* gemacht habe, in den letzten Jahren allerdings nicht mehr – wie dem auch sei –, ihr und ihrem Mann hätten die immer gut gefallen, also die zum Beispiel habe jetzt Krebs, sei auch erst Anfang Sechzig, der habe man die rechte Brust dieser Tage vollständig weggenommen und die Lymphdrüsen in den Achselhöhlen, Metastasen, sie habe gelesen, nächste Woche stünde ihr die Chemotherapie bevor, und das sei besonders schlimm, die Haare fielen einem dabei büschelweise aus, wohl habe Annemarie Rosenbauer schon lange eine Perücke getragen, so was sehe sie im Fernsehen sofort, aber ganz ohne Haare, das sei nicht angenehm, sie jedenfalls könne es sich nicht vorstellen, und ständig müsse man brechen, in der Zeitschrift habe gestanden, daß man rein gar nichts bei sich behalten könne, wie sie selbst ja früher wegen der Migräne zwei Tage pro Woche flachgelegen habe und gebrochen, das sei nach Elisabeths Geburt losgegangen, übrigens leide auch Margaret Rose, die Schwester von Elizabeth, der englischen Königin, fürchterlich an Migräne, weshalb das englische Königshaus ein Migräneforschungszentrum gegründet habe, und die Forscher hätten festgestellt, daß die Krankheit vererbt werde, aber auch mit Hormonen zu tun habe, darum seien Frauen häufiger betroffen und zu bestimmten Zeiten natürlich besonders, vermutlich deswegen auch nach Elisabeths Geburt, einmal habe sie sogar ins Krankenhaus gemußt und an den Tropf, weil tagelang alles, was sie zu essen versucht habe, hochgekommen sei und sie so geschwächt gewesen, daß man sie habe künstlich ernähren müssen, auf der anderen Seite sei es so aber auch möglich gewesen, daß sie bis sieben-, achtundvierzig trotz vier Kindern ihre zweiundfünfzig Kilo gewogen und Größe achtunddreißig getragen habe, und jetzt eben die Wechseljahre, vor zehn Jahren sei das losgegangen, auf einmal das Zunehmen und die Schweißausbrüche, vierzig Pfund in den vergangenen zehn Jahren, da könne sie manchmal heulen, wenn sie sich im Spiegel sehe, das Kostüm, das sie beispielsweise zum Sechzigsten von Tante Helga gekauft habe, gekauft erst voriges Jahr im Herbst, passe bereits nicht mehr, und der Schrank hänge doch schon voller Kleider, die zu eng seien, teure Kleider, ganz neue Röcke, Hosen, einmal angehabt, und sie hätten doch auch nur eine Pension, da könne sie sich nicht alle halbe Jahre eine komplett neue Garderobe leisten, drei Wochen nach der Feier sei übrigens Onkel Werner, Tante Helgas Mann, ein Bypass gelegt worden, ein zweiter Infarkt habe unmittelbar bevorgestanden, wobei sie ja nach wie vor das Schlimmste befürchte, und er sei doch erst – wie alt sei er denn noch gleich –, wie alt Werner sei, Vati?

»Dazu mußt du natürlich folgendes wissen: Erstens ist – wer? Werner? Vierundsechzig! – Erstens kann man nicht ...«

Vierundsechzig sei er doch erst im März geworden, aber ein armer Kerl, früher so lebenslustig, ein stattlicher Mann, Helga, ihre Schwester, habe natürlich enorme Arbeit mit ihm, und in den letzten Jahren käme sie dadurch auch nirgends mehr hin, kein Urlaub, nichts, obwohl er immer noch rauche, aber sonst sei ihm ja wenig geblieben, dazu habe sie das große Geschäft, oft auch am Wochenende, und den kranken Sohn, schlimm darmkrank, schon dreimal operiert, Onkel Werner säße den ganzen Tag im Rollstuhl, von morgens bis abends, und könne selbst fast nichts, als sie neulich dagewesen sei, habe er nur geschlafen, ab und zu höchstens mal die Augen geöffnet und eine Zigarette angesteckt, sie könne den Rauch ja gar nicht mehr gut vertragen, früher habe ihr das nichts ausgemacht, deshalb gehe sie nur noch ungern zu Werner und Helga, aber man könne doch nicht immer nein sagen, zumal Rolf, ihr Ältester, Werners Patenkind sei, sie schäme sich fast vor ihrer Schwester, Rolf besuche seinen Patenonkel nämlich kaum mehr, seit er mit Elke verheiratet sei, was sie in der Form auch nicht richtig finde, zumal Werner immer großzügig gewesen sei und Rolf manchen Schein hintenrum zugesteckt habe, allerdings werde in ihrer Familie mit Elke keiner richtig warm, man habe keinen Draht zu ihr, wobei sie immer hübsch und geschmackvoll angezogen sei, und wenn man dorthin käme, sei sie sehr gastfreundlich, tische reichlich auf, da gebe es nichts zu sagen, nun sei der Junge natürlich viel krank gewesen, habe schon früh oft von zu Hause weggemußt, sie denke noch daran, Elisabeth werde sich erinnern, da sei er sieben gewesen und ständig krank, oder acht, als Papa und sie ihn an die Bahn gebracht hätten, damit er an die Nordsee fahre zur Kur, wegen des Reizklimas, da habe er gerade eine Rippenfellentzündung überstanden und sie ihm zum Abschied ein Matchboxauto gekauft, was damals nicht billig für sie gewesen sei, aber die seien ja unverwüstlich, und am Bahnhof habe ein anderer Bub gestanden und so geweint, weil er nicht von daheim fortgewollt habe, dem, sie habe das Bild noch deutlich vor Augen, habe Rolf einfach das Matchboxauto geschenkt, *Bitte, schenk ich dir,* habe er gesagt, sie wisse es genau, Elisabeth sei da auch noch klein gewesen, und trotzdem, wenn er nach vier oder sechs Wochen heimgekommen sei und wieder in die Schule, hätten seine Spielkameraden, Kinder halt, sich jedesmal neue Spielkameraden gesucht und den Jungen völlig vergessen, Kinder vergäßen jemanden so schnell, wenn er mal länger fehle, und der Junge habe dann oft allein auf dem Pausenhof gestanden, und zwei Rädelsführer, einer hier unten von Schneiders Bernd, auch schon verheiratet, hätten die anderen aus der Klasse gegen ihn aufgehetzt und Rolf verspottet, wegen der Astronautenmütze, die er auch im Sommer getragen habe, dabei sei sie heilfroh gewesen, als diese Art Mützen aufgekommen sei, weil die ganz um den Kopf herumgingen und nur das Gesicht freiließen, daher der Name, Rolf habe sich nämlich beim leisesten Windstoß schon eine Mittelohrentzündung geholt, und Ohrenschmerzen, sie selbst habe zwar nie welche gehabt, es sich aber sagen lassen, seien ganz schlimme Schmerzen, da habe sie ihren Mann aber doch in die Schule geschickt, daß der sich die Bengel mal zur Brust nehme, und Hermann habe den Schneider Bernd am Schlafittchen gepackt und ihm erst mal links und rechts eine runtergehauen, dann sei er sehr ernst geworden und habe gefragt – so sei's doch gewesen, Hermann –, ob er denn wohl meine, recht daran zu tun, wenn er den Jungen so quäle, und er könne ruhig seinem Vater erzählen, was vorgefallen sei, ganz klein mit Hut sei die Bagage da geworden, und keiner habe sich getraut, die Sache daheim zu erzählen, jedenfalls hätten sie nichts gehört, Rolf habe durch seine Krankheit ja auch genug zu leiden gehabt, nie habe er an Fastnacht mitmachen können, das sei ihm sehr arg gewesen, und ihr habe der Junge da am meisten leid getan, nie sei er mit den anderen verkleidet auf dem Umzug gewesen, habe im Wohnzimmer hinter der Fensterscheibe gesessen und sich die Nase plattgedrückt und geschaut, wie die Klassenkameraden vorbeigezogen seien, sicher sei das schwer für das Kind gewesen, aber Fastnacht läge halt früh im Jahr, und meist sei regnerisches Wetter und ein fieser Wind wehe, das habe um diese Jahreszeit wirklich keinen Sinn gehabt, ihn da mitzuschicken, das Risiko hätten sie nicht tragen wollen, trotzdem rauche Rolf jetzt, wofür sie überhaupt kein Verständnis habe, aber er müsse es natürlich selbst wissen, Elke rauche ja auch, früher habe Rolf allerdings nicht geraucht, und wenn man einmal damit angefangen habe, solle es, wie sie immer wieder höre, sie selbst habe nie geraucht, unheimlich schwer sein, wieder davon loszukommen, im zehnten Schuljahr habe die Oma in seiner Jackentasche ein Päckchen Zigaretten entdeckt, sie wisse nicht mehr, was Oma in der Tasche gesucht habe, aber sie habe damals im Haus gewohnt, in dem Zimmer, wo jetzt Hermanns Schreibtisch stehe und das Gästebett, und Rolf nicht verraten, sondern zu ihm gesagt, er solle bloß aufpassen, daß Mama, also sie, nichts merke, erst nach Omas Tod habe Rolf ihr die Geschichte erzählt, mit dem zehnten Schuljahr sei er nämlich von der Realschule aufs Gymnasium gewechselt, Hermann und sie hätten ihn, weil er in der Grundschule so viel gefehlt habe, gegen den Rat der Lehrerin erst auf die Realschule geschickt, zumal sie ja nicht gewußt hätten, wie sich das mit seiner Krankheit entwickeln würde, er sei aber gut mitgekommen, in den Naturwissenschaften sogar immer der Beste gewesen, und er habe seinen Mitschülern viel geholfen, so hätten sie auch Breuers aus Langwies vom Westerwald kennengelernt, deren Sohn Horst, die hätten so gerne mehr Kinder kriegen wollen, aber sie habe drei Fehlgeburten gehabt, und dann hätten es ihr die Ärzte verboten, der Horst sei Rolfs bester Freund gewesen, und wie oft nach der Schule habe er bei ihnen zu Mittag gegessen, und anschließend hätten die beiden zusammen Hausaufgaben gemacht, Horst sei nämlich nicht gut in Mathematik gewesen und habe doch den väterlichen Betrieb übernehmen sollen, ein großes Unternehmen, Geld habe für Breuers natürlich keine Rolle gespielt, weshalb Josef Breuer ihren Mann, der damals Schulleiter gewesen sei, gefragt habe, ob er Horst nicht Nachhilfe geben könne, wenn es ihm gelänge, seinen Filius durchs Abitur zu bringen, solle es ihn nicht reuen, so habe man sich über die Kinder näher kennengelernt, und obwohl Breuers, wie gesagt, klotzig Geld hätten, Jonas müsse deren Haus sehen und die Gartenanlagen, so was habe er noch nicht gesehen, das sei natürlich auch eine Menge Arbeit, alles sauber und in Ordnung zu halten, da habe Amelie Breuer einiges zu tun, zwar habe sie dreimal pro Woche Hilfe, es bliebe doch noch viel an ihr hängen, bei, sie wisse es nicht genau, dreiundzwanzig oder vierundzwanzig Zimmern, zumal Josef oft unterwegs sei, schon weil er täglich zwischen seinen verschiedenen Werken hin- und herfahre, als Chef müsse er natürlich zusehen, daß er seine Leute im Griff habe, sonst gehe schnell alles drunter und drüber, bei der Mentalität, die heute in Sachen Arbeit herrsche, keiner wolle ja noch was leisten, aber jeder immer mehr verdienen, so im Umgang allerdings, da könne sie wirklich nicht sagen, daß Breuers irgendwie überheblich wären in der Art, Josef Breuer habe praktisch ja auch bei Null angefangen, damals nach dem Krieg, mit einer Schubkarre in der Garage und sich seine ganze Firma eigenhändig aufgebaut, er habe ein spezielles Verfahren für Aluminium, sie wisse auch nicht genau, da müsse Jonas mal Hermann fragen, auf jeden Fall habe er sehr viele Patente und beliefere sogar den saudischen König und die Scheichs, aber er arbeite dafür eben Tag und Nacht, so daß Amelie oft bei ihr anriefe, wenn sie mit dem Saubermachen fertig sei, weil sie so allein in dem Riesenhaus hocke, Hermann säße ja tagsüber in seinem Arbeitszimmer und entwickle Programme für seinen Computer, er habe sich das alles nach der Pensionierung selbst angeeignet, na ja, man müsse sich halt zu beschäftigen wissen.

– »Thea, jetzt sei doch mal eben still«, sagt Hermann, »Jonas, ich will dir dazu nur eins sagen.«

Gold im Feuer

für Peter von Felbert

Es sind keine Menschen auf Vincents Photos. Aber es gibt Menschen dort. Sie haben Spuren hinterlassen: Das Herdfeuer raucht. Ein arabischer Schriftzug wurde an die Wand gesprüht, daneben das Schwert als Drohung: Wir meinen es ernst. Die alte Nähmaschine mit eingefädeltem Garn, jemand hat seine Arbeit unterbrochen, nur kurz. Ein zerwühltes Bett. Für Liebe vielleicht. Wäsche hängt auf der Leine. Affenbrotbäume bei Nacht, Aloe vera am Morgen. Staub. Mittags steht die Sonne im Zenit, gibt es kaum Schatten. Zinkwannen, Regentonnen mit Wasser für die Gemüsebeete. Vier lebendige Ziegen in einem Bretterverschlag, zwei geschächtete Ziegen im Sand, Blutlachen. Hinter versiegelten Flächen sind Geschütze auf den Horizont gerichtet. Das Meer, ein Alptraum, schwarzweiß.

Vincent sagt: *Cyntia ist nach Frankfurt zurückgeflogen.*
Seine Stimme klingt zerfetzt, obwohl die Verbindung gut ist. Fetzen, die sich bei der letzten Flut im Stacheldraht verfangen haben: *Sie hat mir ihren Schlafsack gegeben, dafür sollte ich ihr das Ticket bezahlen. Was blieb mir anderes übrig, sie hatte keinen Cent.*
Ein Schlafsack für 500 Dollar.
Atempausen.
Er wußte von Anfang an, daß sie nichts beisteuern würde.

Sie ließ sich aushalten. Darüber ärgerte er sich. Er würgte einen vergifteten Gedanken nach dem anderen herunter. Dann kam das Gift wieder hoch, ein Mundvoll, den hat er ihr vor die Füße gespuckt. Sie packte ihre Sachen mit steinernem Gesicht und verlangte: Gib mir Geld, damit ich von dir wegkann. Eine Stunde später war sie fort. Ohne sich zu verabschieden, ohne ein Danke.

Er sagt: *Wir kannten uns kaum. Ich weiß nicht, weshalb ich mich darauf eingelassen habe, sie mitzunehmen. Sie war weder häßlich noch schön und unglaublich jung. Es wurde bald Sommer, ich hatte Berte verlassen. – Berte hatte mich verlassen.*

Ende Februar war Cyntia auf Vincents Geburtstagsfest aufgetaucht. Er sah sie zum ersten Mal. Er wußte nicht, wer sie mitgebracht hatte. Sie stellte sich selbst vor: Ich bin Cyntia, ich habe gehört, daß du in den Senegal willst, wir können zusammen fahren.

Sie stammte aus Ontario, hatte mit sechzehn ihre Familie verlassen, seitdem verschlug es sie hierhin und dorthin. Sie verachtete alle, die studierten, arbeiteten, Kinder großzogen; ein Haus, ein Auto, Dinge des täglichen Gebrauchs besaßen. Am meisten verabscheute sie männliches Herrschaftsgebaren.

Vincent mochte sie auf den ersten Blick nicht. Auf den zweiten zog sie ihn an. Er spürte: Zwischen uns ist etwas Besonderes, wir werden eine Geschichte haben. Er redete sich ein: Wir sind seelenverwandt. Wir sind ohne Ort. Das ist unsere Berufung. Es hat keinen Sinn, davor wegzulaufen.

Sie tauschten Telefonnummern, verabredeten sich zum Kaffee, gingen zusammen ins Konsulat, beantragten die nötigen Visa. Sie fuhren als Anhalter bis Algeciras, setzten mit der Fähre nach Tanger über, nahmen von dort das Flugzeug nach Dakar, quartierten sich in einem billigen Hotel ein. Cyntia saß stundenlang im Zimmer und schrieb Postkarten,

Briefe, Tagebuch. Vincent lief allein durch die Stadt und versuchte, seine Auftragsphotos zu machen: Der feuerrot uniformierte Soldat vor dem neoklassizistischen Präsidentenpalast; wild fuchtelnde Frauen in bunten Gewändern neben aufgetürmtem Obst; Schlachtvieh. Glatte, tiefenscharfe Oberflächen für einen neuen Reiseführer, zwei Hochglanzmagazine. An der Art, wie er die Kamera handhabte, war für jeden ersichtlich, daß er keine Urlaubsbilder schoß. Auf dem Marche de tilene sprach ihn ein junger Schwarzer an, der unter seiner Wollmütze Rastazöpfe trug und Clay hieß: Du bist ein weißer Reporter, komm mit mir. Berichte deinen Leuten in Europa von uns. Wir leben auf Gorée, um Afrika von den Wunden zu heilen, die deine Vorfahren geschlagen haben.

Er war kein Senegalese, er redete Englisch. – Englisch mit karibischem Akzent.

Vincent sagt: *Ich bin auf einer Insel ins Uferlose gefallen.*

Und: *Du weißt nicht, was für ein Ort das ist. Zehn bis fünfzig Millionen Afrikaner wurden zwischen Mitte des 15. Jahrhunderts und 1848 über Gorée nach Amerika verschifft. Das ist unsere Verantwortung, der muß ich mich stellen.*

Abends erzählte er Cyntia: Clay, Wilson, Steve sind aus Kingston, Tobago, Barbados zurückgekommen und zusammen mit Mamadou, Luc, Racine, Jérôme, die es in ihren Dörfern nicht mehr ausgehalten haben, in die Bunkerruinen gezogen, um etwas zu demonstrieren. Sie versuchen sich als Schauspieler, Schneider, Maler, Musiker, bauen Gemüse an, halten ein paar Haustiere; sie sind frei. Die Reichen in den restaurierten Kolonialbauten wünschen, daß der Teufel sie holt. Es leben sonst eigentlich keine Frauen dort, aber du kannst in meinem Raum wohnen, das ist kein Problem, hat Clay gesagt.

Drei Tage später nahmen sie die Schaluppe von Dakar

nach Gorée. Die Überfahrt dauerte zwanzig Minuten. Das Wasser roch wie Fernweh, wie Heimweh.

Vincent sagt: *Schwache, Verwundete, Fiebernde haben die Händler ins Meer geworfen. Die Händler waren Portugiesen, Holländer, Schweden, Briten, Franzosen. Die Haie wissen es noch, offenbar haben sie auch eine Art Überlieferung. Bis heute sind manche Buchten zu gefährlich zum Schwimmen.*

Cyntia ging am zweiten Abend mit Clay ins Bett. Ihre Lust hallte durch die Gänge bis zu Vincent. Es nahm kein Ende. Sie begannen immer wieder neu. Er starrte in den Raum, der Raum wurde schwarz wie Ebenholz. Aus der Schwärze schlüpften Geister.

Mit ihm hatte sie nicht geschlafen. Nicht einmal aus Langeweile. Oder weil es einfacher gewesen wäre, es zu tun als zu lassen, wenn sie schon die Hotelzimmer teilten. Er hatte andere Aufgaben zu erfüllen: Er sollte Männer abschrecken, die sie lästig fand; ihre Rechnungen begleichen; sich ihr Gerede anhören, zustimmend nicken. Dafür behandelte sie ihn herablassend wie irgend jemanden.

Er sagt: *Ich liege seit vierzehn Tagen jede Nacht wach, ich bin unendlich müde. Wußtest du, daß man stirbt, wenn man zu lange – lange genug am Schlafen gehindert wird?*

Er hatte Travellerschecks und eine Kreditkarte. Clay und die anderen waren arm. Sie hatten die Bunker illegal besetzt. Aber sie spielten eine bedeutende Rolle bei der Vereinigung aller Afrikaner und erwarteten, daß Vincent sie dafür bezahlte. Clay nannte es Vincents persönlichen Anteil an der Wiedergutmachung weißer Verbrechen: Außerdem photographierst du uns und wirst später viel Geld mit den Bildern verdienen, das liefe auf die übliche Ausbeutung schwarzer Kultur hinaus, da spielen wir nicht mit.

Auch daß Cyntia mit ihm schlief, hatte für ihn eine historische Dimension. Er erklärte: Dreihundert Jahre haben eure Männer unsere Frauen verschleppt, vergewaltigt, geschwängert, jetzt kommst du zu mir, freiwillig, und gibst etwas von dem zurück, was uns geraubt wurde, das ist nichts Persönliches, das ist ein Symbol, verstehst du?

Cyntia schwieg. Sie mochte sein kehliges Lachen, seinen seidig schimmernden Schwanz, die sanfte Härte, mit der er sie nahm. Ansonsten malte er naive Bilder, spielte leidlich die Steeldrum und ließ sie in Ruhe. Nach einer Woche verlangte er, daß sie für ihn zum Brunnen ging, sein Zimmer putzte und seine Wäsche wusch, damit sie ein Gefühl dafür bekam, welche Erniedrigung seine Urgroßmütter, Tanten, Stammesschwestern – stolze, schöne Frauen, denen Heimat, Familie, alle Hoffnung, alles Glück genommen worden waren – durchlitten hatten. Er sagte: Weißes Mädchen, demütige dich einmal in deinem Leben im Gedenken an sie, fühle am eigenen Leib, was die Knechtschaft in Babylon heißt. Vielleicht bekommst du eine Ahnung, warum wir hier sind, warum wir der Welt dieses Zeichen setzen. Cyntia antwortete: Du bist nicht besser als irgendein mieser weißer männlicher Chauvinist in Toronto oder Frankfurt, kümmer dich selbst um deinen Dreck.

Sie ließ ihn stehen und zog in Vincents Zimmer zurück, ohne ihn zu fragen. Als Vincent am späten Nachmittag vom Markt kam, hatte sie ihre Sachen ins Regal geräumt und lag auf seiner Matratze. Vincents Frage: Was machst du hier? beantwortete sie achselzuckend: Clay will mich als Sklavin, da soll er sich eine andere suchen.

Vincent unterdrückte den Wunsch, sie zu schlagen, zu treten, an den Haaren über den Boden hinauszuschleifen. Er hörte, wie seine Stimme immer lauter wurde und seine Lippen Vorwürfe formten, die er nicht machen wollte. Er spürte, daß ihm der letzte Rest Stolz zerfiel, daß er trotzdem nicht aufhören konnte. Die kahlen Wände warfen seine Worte hin und her, bis sie verschwammen. Sie brachen entzwei und verloren ihre Bedeutung. Mundbewegungen,

Schallwellen, die nichts miteinander zu tun hatten. Und plötzlich herrschte wieder Stille. Das Flackern der Öllampe. Aus dem sich vorsichtig ein Geräusch von Haut, die an Baumwollstoff rieb, herausschälte. Stoff, der gegen festes, wasserdichtes Nylongewebe scheuerte. Dazwischen nackte Füße auf nacktem Beton. Dann der Satz: Gib mir Geld, damit ich von dir wegkann. Er tastete nach seinem Portemonnaie, zählte fünf Hundertdollarscheine ab, hielt sie ihr hin. Weiches Papier, das durch Finger glitt. Er saß allein da. Am frühen Abend. Vollkommene Finsternis.

Vincent sagt: *Ich weiß nicht, was ich ihr vorgeworfen habe, ich kann mich nicht erinnern. Es ist furchtbar.*

Er schluckt den Kloß herunter: *Ich fühle mich schuldig. Ich habe etwas zerstört.*

Der Alptraum Meer: Graue, zähe Flüssigkeit, die sich in Zeitlupe bewegt. Der Himmel in hellerem Grau hat sich abgesenkt und die Luft zerquetscht. Auf Vincents Photos stehen die Strommasten da wie Kreuze, an denen bis vor kurzem Verurteilte hingen. Vögel hatten die Augen herausgehackt, das Fleisch von den Knochen gerissen. Gitterstäbe, Schießscharten. Zwischen den Befestigungsanlagen das Fußballtor mit zerrissenem Netz. Es wird schon lange nicht mehr gespielt. Die Obszönität der Orchideenblüten. Messerscharfe Gräser. Eine lange Holzleiter mit zwei letzten Sprossen verhöhnt die Gefangenen. Durch eine enge Öffnung in der Decke hat man sie ins Verlies geworfen. Schreie. Der harte Aufprall, Knochenbrüche. Tage, Wochen, Monate später balancierten sie auf einer schmalen Planke in den Schiffsbauch. Zwei Meter über dem hungrigen Wasser. Das Pfeifen der Peitsche.

Es muß schön sein auf der Insel Gorée, jetzt. Es kommen viele Touristen, sie kaufen Kunstgewerbe, Gewänder. Die

Sonne läßt das All hell erleuchtet scheinen, ein transparentes, freundliches Blau. Kein Grund zur Sorge, der Atlantik schimmert in klarem Türkis, sanfter Westwind. Geruch von Zwiebeln, gegrilltem Fisch weht herüber. Ein tiefer Zug Marihuanarauch.

Vincent sagt: *Ich kann keine dummen bunten Bilder machen, für ein Buch, in dem es um Badestrände, preisgünstige Übernachtungsmöglichkeiten, landestypische Küche, pittoreske Bars geht. Verstehst du: Es gibt hier keine Gegenwart. Alles ist Vergangenheit. Ich bin Statist in einer Gedächtnisfeier, die von den Ahnen veranstaltet wird.*

Er kauft Schwarzweißfilme, um trotzdem zu photographieren, anders als geplant, anders als vertraglich vereinbart. Wenn er hinausgeht, sieht er für Minuten nur grell gefleckte Umrißlinien, so scharf ist das Licht. Außerhalb seines Raums bewegt er sich zügig, verlangt von seinen Gelenken, ihren Verpflichtungen nachzukommen. Sie gehorchen. Die Knie sacken nicht ein, der dünne Hals hält den riesigen Kopf gerade, die Ellbogen klappen die Kamera vors Auge wie ein Visier. Er sucht Blickwinkel, Ausschnitte, in denen die Erinnerung an etwas sichtbar wird, das ihm nicht gehört. Er will einen Schmerz stehlen. Er legt die Kamera kaum noch aus der Hand. Das Klicken des Verschlusses beruhigt ihn, ein vertrautes Geräusch, das Normalität vortäuscht. Er packt die Filme unentwickelt in Umschläge und bringt sie zur Post, erkundigt sich, wie lange die Sendung bis Frankfurt brauchen wird: fünf Tage. Auf einem ausgerissenen Zettel steht: Ich kann die Bilder nicht sehen, mach damit, was du willst, meinetwegen wirf sie weg.

Vincent sagt: *Ich denke nicht, was ich denke, ich erkenne meine Stimme nicht wieder. Ich laufe gegen Wände, weil ich meine Schultern vergessen habe.*

Clay, Wilson und Steve sind gut zu ihm. Sie spüren, daß

er auseinanderbricht. Sie sind selbst auseinandergebrochen vor vielen Jahren in den fremden Ländern jenseits des Atlantiks, in die ihre Mütter sie hineingeboren hatten, als würden sie dadurch heimisch dort. Sie spielen ihm ihre Lieder vor; die Lieder handeln von der Rückkehr an einen Ort, den es nicht gibt. Clay ruft ihn zum Essen, legt ihm einen Löffel hin. Er ißt mit ihnen aus einer Schüssel. Clay sagt: Mein Freund. Vielleicht weil er glaubt, daß sie dieselbe Frau hatten. Sie hatten nicht dieselbe Frau. Aber er sagt nie: Bruder – wie zu den anderen. Sie fragen ihn, ob er bei der Feldarbeit helfen möchte. Er will einen Beitrag zum Zusammenleben leisten, mit aller Gewalt, einen Beitrag, der mehr als Geld ist, schmutziges Geld, Bestechungsgeld, das die Machtverhältnisse verschleiern, beschönigen soll. Er drückt Samen von Pflanzen, deren Namen er nicht kennt, deren Früchte er nicht ernten wird, in die flachen, ausgedorrten Furchen. Er gießt, jätet Unkraut, bindet Stecklinge auf. Er pflückt Gurken, Tomaten, füttert die Ziegen, die Hühner, die Enten. Er weiß, daß er nie zu ihnen gehören wird, er steckt in der falschen Haut. Er bleibt ein nützlicher Idiot, ein kolonialistischer Parasit, Rassist von Geburt.

Er sagt: *Alles, was ich tue, ist verlogen. Meine bloße Anwesenheit eine Zumutung. Solange ich hier bin, bleibe ich eine Kränkung für sie, aber wenn ich gehe, beleidige ich ihre Gastfreundschaft.*

Sobald er die Bunkertreppe hinabsteigt, stürzt er in eine Dunkelheit, die nirgends Halt bietet. Seine Hand tastet die Wand ab bis zu dem fensterlosen Raum, den er mit Clays Erlaubnis bewohnen darf. Er haust unter der Erde, dort gibt es im Durchschnitt vier Stunden Strom täglich, aber niemand weiß wann. Er holt das Päckchen Streichhölzer aus der Tasche, entzündet die Lampe, stellt sie auf den Boden, legt sich daneben. Er erschrickt vor den riesenhaften Schatten, die sich bewegen, obwohl da nichts und niemand ist, der sich bewegt.

Er sagt: *Wie kann ich Cyntia vermissen, ich habe sie doch gar nicht geliebt?*

Er liegt in der Ecke, unsichtbar, zuckt mit dem rechten, dem linken Fuß. Abwechselnd. Keinesfalls mit beiden gleichzeitig. Mit beiden gleichzeitig zu zucken ist verboten, darauf steht eine harte Strafe. Er setzt sich auf, wippt mit dem Oberkörper. Die Bewegung der Irren, der Betenden. Gegen die unerträgliche Spannung im Leib, die jemand anderem gehört. Er wiederholt einzelne Laute, bis die Zunge trocken aufgequollen ist. Er friert, er schwitzt. Er erbricht einen leeren Magen in die Hand.

Vincent fragt: *Kannst du versuchen herauszufinden, was mit Cyntia ist, kannst du ihr ausrichten, daß ihr meine Wohnung zur Verfügung steht, wenn sie möchte, wenn sie nicht weiß, wohin? Sag ihr: Berte hat noch einen Schlüssel, den soll sie sich holen, gib ihr Bertes Adresse.*

Er ist gelähmt, er will die Insel verlassen, er kann die Insel nicht verlassen, er kann nicht bleiben. Um eine Entscheidung zu treffen, braucht er einen Grund, ein Ziel, es gibt weder das eine noch das andere. Jede getroffene Entscheidung zieht unendlich viele Entscheidungen nach sich, die getroffen werden müssen. Wer soll sie verantworten, auf der Basis welcher Gewißheit? Wenn er zum Festland übersetzt, wird er dann in Dakar bleiben? Oder die Reise abbrechen? Er hat Aufträge angenommen, Versprechungen gemacht. Vorschüsse erhalten. Für die er nicht in der Lage ist, die entsprechenden Leistungen zu erbringen. Fährt er weiter in die Regenwälder der Casamance wie ursprünglich geplant? Die Diola sollen ein freundliches Volk sein. Von dort aus durch Feuchtsavanne, Trockensavanne, Dornbuschsavanne in den Sahel? Nimmt er Busse, die Cessna, ein Schiff, mietet er doch einen Wagen?

Vincent sagt: *Ich brauche eine Stunde, um mich dazu durchzuringen, Kaffee zu kochen, weil ich nicht weiß, ob ich Kaffee trinken darf.*

Im Blitzlicht: Fleckige Wände. Bilder von Haile Selassie, Peter Tosh, einem bärtigen Scheich in weißer Djellaba. Die äthiopische Flagge, hochgereckte Fäuste, die zusammen einen Turm bilden. Vergilbte Manifeste, der fünfstrahlige Stern.

Es sind zentimetertiefe Risse in den Mauern, dem Boden, der Decke. Wo der Putz fehlt, liegt das blanke Stahlgitter frei. Brennende Kerzen, emaillierte Blechtassen, Näpfe, Kannen stehen herum. Kalebassen, Tonkrüge. Eine leere Coca-Cola-Flasche. Konservendosen. Bananenkisten zum Aufbewahren der Kleider. Zerschlissene Laken. Das Kohlebecken. Daneben ein Stapel Feuerholz. Trommeln, mit Fell bespannt, ein fremdartiges Saiteninstrument: im unerwarteten Licht starr vor Schreck.

Kasematte nennt man einen dick ummauerten, schußsicheren Raum in Befestigungswerken.

Vincent sagt: *Ich will Cyntia wiedersehen, ich muß mit ihr reden. Morgen nehme ich die Fähre nach Dakar. Wahrscheinlich kümmere ich mich dann um einen Rückflug. Ich bin sicher, wir haben einen zweiten Versuch. Schlimmstenfalls zahle ich die Vorschüsse zurück. Nein, ich nehme die Fähre nicht morgen, aber in drei, spätestens vier Tagen. Vorher muß ich noch beim Anlegen der neuen Beete helfen: Wir sammeln die Steine aus der Erde. Das ist Knochenarbeit.*

Der Commendatore

»Sie werden es mir nicht glauben, mein Freund«, sagte der Commendatore und trat in das winzige Studentenzimmer, das Martin Brede zusammen mit einem Nymphensittich bewohnte, wobei sein Blick für einen Moment von Gier überwältigt wurde, als er auf die mit geräuchertem Lachs, luftgetrocknetem Schinken und belgischen Pasteten reich belegten, mit Tomate, Gurke, Ei verzierten Canapés fiel, »ich fürchte, Sie werden mir ebensowenig glauben wie der nichtswürdige Arzt, dessen Praxis ich vor wenigen Minuten verlassen habe und den ich nicht übel Lust hätte, wegen Bruch des Hippokrateseids vor den Kadi zu bringen, doch es ist sinnlos. Sie wissen ja, wie die Justiz mich in den vergangenen zehn Jahren behandelt hat. Natürlich würde ich in Ihrem Falle Nachsicht walten lassen, zumal Sie mich scheinbar bei bester Gesundheit sehen, in erster Linie aber, weil Sie mir trotz meiner aussichtslosen Lage stets gewogen geblieben sind und sich in meiner Angelegenheit immer über die Maßen großzügig gezeigt haben, weshalb ich auch einen Rest Hoffnung hege, daß Sie mich nicht, wie die anderen, für einen Simulanten halten, wenn ich Ihnen sage, daß ich heute am späten Nachmittag, es war, um genau zu sein, siebzehn Uhr fünfundzwanzig, einen Herzinfarkt erlitten habe. Ich bin überzeugt, daß es nur der Auftakt gewesen ist. Das Ende naht. Gerade jetzt, wo meine Arbeit kurz vor dem Abschluß steht.«

Brede erschrak vor dem Wort Herzinfarkt, konnte jedoch nicht feststellen, daß die blaßgelbe Gesichtsfarbe des Commendatore nennenswert kranker als gewöhnlich wirkte, auch entdeckte er weder rote Flecken noch sonst irgendein Zeichen, das der Tod als Drohung hinterlassen haben könnte. Ungewöhnlich war im Gegenteil der fast jugendliche Schwung, mit dem der Commendatore ins Zimmer schritt und seine abgewetzte aus den Nähten platzende Ledertasche direkt neben Bredes neue elektrische Schreibmaschine auf den Tisch stellte.

»Lediglich der unbeugsame Wille, Ihre freundliche Einladung nicht in letzter Minute auszuschlagen – was für Sie ohne Zweifel beträchtliche Unannehmlichkeiten bedeutet hätte, zumal Sie, wie ich sehe, ein Buffet gerichtet haben, als erwarteten Sie eine ganze Abendgesellschaft –, hat mich den Weg zu Ihrer Tür finden lassen. Ich darf mich setzen?«

»Natürlich, bitte«, sagte Brede, »der Sessel ist für Sie.«

»Sie sind zu liebenswürdig. Normalerweise reicht ein Stuhl, aber angesichts meines jetzigen Zustands nehme ich Ihr Angebot an.«

Im selben Moment entwich die Kraft des Commendatore in einem lang anhaltenden Seufzer. Er ließ sich in den Sessel fallen, als hätte er soeben zu Fuß die Sinaihalbinsel durchquert, nur daß er nicht nach Schweiß und Hammelfett roch, sondern nach alten Büchern, die lange in feuchten Kellern aufbewahrt worden waren, und einer ranzigen Pomade, mit deren Hilfe er sein volles schwarzes Haar oberhalb der Stirn zu einem zehn Zentimeter hohen Gebilde – einer Kreuzung aus Horn und Welle – eindrehte, das nicht einmal ein Sandsturm aus der Form gebracht hätte.

»Ich habe Ihnen die wenigen Zeugnisse mitgebracht, die ich damals in der Zeit des Untergangs, deren bloße Erinnerung mich heute beim Packen der Tasche wieder beinahe zerrissen hätte, vor Fahndern, Anwälten, Vollstreckungsbeamten retten konnte, damit Sie zumindest eine Ahnung erhalten, welch vollkommen anderes Leben ich vor dem jetzigen, das man unumwunden eine nicht enden wollende Reihe von Demütigungen nennen muß, geführt habe und zweifellos immer noch führen würde, wäre nicht seine Heiligkeit Papst Paul der Sechste unglückseligerweise 1978 verstorben, so daß meine Feinde im Vatikan mit ihrer ungeheuerlichen Intrige obsiegen konnten. Doch das habe ich Ihnen alles schon erzählt. – Vergeben Sie mir meine nutzlosen Klagen. Hören Sie einfach nicht zu.«

»Aber ich habe Sie doch eingeladen, um mich mit Ihnen zu unterhalten, Commendatore«, sagte Brede.

»Ich bin sicher, es wird nicht mehr lange dauern: Bald ist diese jämmerliche Existenz, die zu führen man mich gezwungen hat, vorbei.«

»Trinken Sie Wein?«

»Wasser, mein Freund, lieber Wasser...«

Martin Brede hatte den Commendatore Jakob Kern zusammen mit der halben Hausmeisterstelle im katholischen Studentenheim in B. übernommen, die er notgedrungen ausübte, da seine Eltern sich weigerten, ihn bei etwas derart Nutzlosem wie dem Studium der Musikwissenschaft zu unterstützen. Am Ende seines Einstellungsgesprächs mit dem Hochschulpfarrer, Dr. Hovestett, hatte dieser ihm den Fall des Commendatore in groben Zügen geschildert, damit Brede sich später weder wunderte noch falsch verhielt: Der Commendatore habe sich mit seiner, Dr. Hovestetts, Billigung vor einigen Jahren beim Einwohnermeldeamt der Stadt als im Studentenheim wohnhaft registrieren lassen, und seither kämen seine Pakete und Vorladungen hier an. Sobald eine Sendung eingetroffen sei, schicke der für die Post zuständige Hausmeister – in Zukunft also er, Martin Brede – eine vom Commendatore selbst vorbereitete Karte an ein Postfach in P. Auf diesen Karten, von denen der Pfarrer ein Exemplar eingesteckt hatte, das er Brede zur Ansicht gab, stand in dunkelblauer Handschrift, so verschnörkelt, daß man sich fragte, ob tatsächlich irgendein Briefträger die Adresse entziffern konnte: *Sehr geehrter Commendatore, wir erlauben uns, Sie darüber in Kenntnis zu setzen, daß bei uns eine Postsache zur Abholung für Sie bereitliegt, und verbleiben mit freundlichen Grüßen ...* – Darüber hinaus, hatte Dr. Hovestett gesagt, erscheine in unregelmäßigen Abständen der ein oder andere Gerichtsvollzieher im Auftrag dieses oder jenes Gläubigers, um das Zimmer des Commendatore auf pfändbare Gegenstände zu überprüfen. Diesen Leuten werde vom Hausmeister einer der leerstehenden Räume im Keller gezeigt. Er brauche sich keine Sorgen zu machen, beruhigte Dr. Hovestett Brede, dem die Furcht, in kriminelle Machenschaften hineingezogen zu werden, ins Gesicht geschrieben stand, das alles habe seine gute Ordnung, er kenne den Commendatore aus gemeinsamen Studientagen an der *Gregoriana*, der päpstlichen Universität in Rom, wobei der Commendatore natürlich kein Priester habe werden wollen – aber das sei eine lange Geschichte, die ihm der Commendatore im übrigen sicher bald selbst erzählen werde.

Zwei Wochen später erschien er zum ersten Mal in Bredes Büro. Zunächst trug er Brede äußerst umständlich auf, den hochwürdigsten Herrn Pfarrer Dr. Hovestett seiner tiefen Dankbarkeit und demütigen Ergebenheit zu versichern, um sich dann über das Wetter, die Weltlage und Zeitläufte zu der Bitte um eine Tasse Kaffee vorzutasten, die Bredes Vorgänger Mahnstein ihm freundlicherweise immer angeboten habe. Aufgrund eines erbarmungslosen Schicksals, das ihm ohne eigenes Verschulden alles geraubt habe, könne er sich keinen Kaffee mehr leisten, das Büro des Studentenheims sei seit Jahren der einzige Ort, an dem er Kaffee trinke.

Brede bat ihn, Platz zu nehmen, füllte ihm die größte Tasse, die er finden konnte, und der Commendatore rührte so viel Zucker hinein, als wolle er mit dem Sirup eine Mahlzeit ersetzen. Zugleich, und wie um Bredes Aufmerksamkeit vom Zucker abzulenken, fragte er ihn nach seinem Namen und welche Fächer er studiere, unterbrach sich selbst, ehe er eine Antwort erhalten hatte – er wolle raten, dem Ausdruck seiner seelenvollen blauen Augen nach beschäftige er sich zweifellos mit geistigen Dingen. Als der Commendatore das Wort *Musikwissenschaft* hörte, war er hoch erfreut und beglückwünschte sich zu seiner tiefen Kenntnis der menschlichen Natur, die er freilich den bittersten Erfahrungen mit den übelsten Exemplaren der Spezies zu verdanken habe. Es folgte eine gedankenschwere Pause, ehe er sich eine weitere Frage gestattete: Ob in musikwissenschaftlichen Seminaren heutzutage eigentlich noch Johannes Keplers Buch *Harmonices mundi* gelesen werde? Bei allem Respekt vor der Moderne müsse man doch sagen, daß Kepler das seit der Antike erarbeitete Wissen von der mathematisch-physikalischen Proportion des Universums, ohne das weder der gregorianische Choral noch die frühe Polyphonie eines Ockeghem und erst recht nicht das über alles erhabene Werk Johann Sebastian Bachs verständlich würde, nach wie vor gültig zusammengefaßt habe. Er persönlich lege Brede allerdings Isnard Corbinian Lechleitners 1651 erschienenes Buch *Musica aeterna* ans Herz. Lechleitner fuße ebenso wie Kepler auf der pythagoreischen Kosmologie, richte sein Hauptaugenmerk jedoch nicht auf astronomische Berechnungen beziehungsweise die sich darin spiegelnde Harmonie der Sphären, sondern auf die Umsetzung der kosmischen Schönheit in tatsächlich komponierte Musik, und zwar auf weit in die Zukunft vorgreifende Weise, was um so erstaunlicher sei, als die Musik in Lechleitners Werk letzten Endes nur eine Nebenrolle spiele.

Der Commendatore bemerkte, daß Brede im Unterschied zu seinen Vorgängern nicht bloß geduldig, sondern aufmerksam zuhörte, und schenkte ihm deshalb gegen Ende des Gesprächs ein Exemplar der in seinem Paket enthaltenen Sonderdrucke des Vortrags, den er jüngst vor der Deutschen Gesellschaft für Wissenschaftsgeschichte über Lechleitners mikroskopische Untersuchungen des Blattaufbaus gehalten hatte. Wenn Brede sich mit Lechleitner beschäftigen wolle, was für seine Forschungen zweifellos äußerst interessant wäre, zumal Lechleitners Beitrag zur Entwicklung der Musikwissenschaft bisher nicht im geringsten gewürdigt worden sei, könne er ihm weitere Materialien zur Verfügung stellen. Unabhängig davon sei diese erste Begegnung mit ihm, Brede, als Nachfolger des ebenfalls sympathischen Herrn Mahnstein, ausgesprochen angenehm gewesen, er bedanke sich für den Kaffee und hoffe auf weitere anregende Unterhaltungen.

Neben Bredes ausgeprägter Fähigkeit zuzuhören, hatten seine Augen den Commendatore schon bei dieser ersten Begegnung derart eingenommen, daß er ihm beim nächsten Mal ein ganzes Konvolut von Faltblättern, Sonderdrucken und Photokopien zu Lechleitner mitbrachte. Alle Papiere hatte er *Herrn stud. rer. mus. Martin Brede mit den besten Wünschen und freundlichsten Grüßen überreicht von Comm.+ Jakob Kern* gewidmet, in derselben mit Schwüngen, Bögen und Haken umrankten Handschrift, die Brede schon von den Karten vertraut war.

Während der folgenden Wochen erkundigte Brede sich hier und da über den Commendatore. Mahnstein behauptete, daß er, obwohl bereits Ende Vierzig, seit Jahren an einer Magisterarbeit im Bereich Buchwissenschaft schreibe; Dr. Hovestett schüttelte vieldeutig den Kopf und sagte, die Mutter sei bei der Geburt gestorben, der Vater entstamme einer alten preußischen Offiziersfamilie und habe seinen

Sohn wegen dessen Liebe zu Büchern grün und blau geschlagen; Klaus Ebert von der Studentenvertretung hatte gehört, der Commendatore begehre junge Männer auf so grausige Weise, daß er freiwillig Enthaltsamkeit gelobt habe; Franz-Rudolf Strick schließlich, Pastoralreferent der Hochschulgemeinde, erzählte, der Commendatore habe schon als Schüler beschlossen, sein Leben dem barocken Universalgelehrten Isnard Corbinian Lechleitner S. J. zu widmen, dessen Werk aus heutiger Sicht vollkommen wertlos sei, aber im 17. Jahrhundert und zum Teil bis ins 19. hinein enormen Einfluß gehabt habe.

Im Sommer 1955 waren die Untersekundaner des Adolph-von-Menzel-Gymnasiums in B., unter ihnen der damals sechzehnjährige Jakob Kern, zu einer Besichtigung in der Staatsbibliothek gewesen. Ein sachkundiger Führer hatte Geschichte und Aufbau des Hauses erläutert und wertvolle Handschriften wie das Evangeliar Ottokars des Ersten von 1190 oder die Malteser Pindar-Handschrift von 1380 gezeigt. Jakob Kern brannte vor Neugier und empfand zugleich einen tiefen Frieden, wie einer, der nach Jahrzehnten in der Fremde das Land seiner Kindheit wiedersieht, die glücklich war und grauenvoll. Alles schien gleichzeitig vertraut und neu. Er wollte diese verwirrende Empfindung vor den spöttischen, bösen Blicken der anderen schützen und hielt sich ein wenig abseits, gerade so nah, daß er nichts verpaßte. Am Ende des Rundgangs, in einem nach Schimmel riechenden Raum, der eher an eine Asservaten-, denn an eine Schatzkammer erinnerte, als der Führer nichts mehr hinzuzufügen hatte und statt dessen die Schüler aufforderte, Fragen zu stellen, entdeckte Kern in der hintersten Ecke im untersten Regal ein Dutzend völlig verstaubte Folianten, in brüchiges Leder gebunden und größer als alle Bücher, die er in den vergangenen anderthalb Stunden, ja überhaupt in seinem Leben gesehen hatte. Er spürte eine Macht, die ihn zwang, seine natürliche Schüchternheit zu überwinden, und fragte mit fester Stimme, um wessen Werke es sich hier handele, überzeugt, daß nur ein sehr berühmter Gelehrter etwas derart Gewaltiges verfaßt haben konnte. Zu seiner großen Enttäuschung mußte der Führer jedoch erst einen der Bände aufschlagen, ehe er achselzuckend erklärte, ein ihm völlig unbekannter Jesuit, Isnardus Corbinianus Lechleitnerus, sei der Verfasser, und der Text heiße *Numen dei in mundo et vires magneticae,* beschäftige sich also offenbar mit Gott, der Welt und dem Magnetismus – mehr könne er ihm leider auch nicht sagen. Nachmittags schlug Kern im dreibändigen Hauslexikon seiner Eltern nach, aber dort war nicht einmal Lechleitners Name erwähnt. Im Brockhaus der Schülerbücherei stand unter Lechleitner, er sei 1599 in Oberursel bei Frankfurt geboren und 1672 in Rom gestorben, habe als Professor in Marburg und Rom gelehrt und sich mit mathematischen, naturwissenschaftlichen, philologischen und musiktheoretischen Forschungen beschäftigt. Sonst nichts. Auch unter den Lehrern am Adolph-von-Menzel-Gymnasium hatte keiner je von ihm gehört. Die Erinnerung an Lechleitner war ausgelöscht worden. Doch vor Jakob Kerns innerem Auge lag der Foliant aufgeschlagen, und er wurde von Nacht zu Nacht größer. In der dunklen Unruhe vor dem Schlaf ließ Kern seine Hand über die Seiten streichen, die sich anfühlten wie junge, sonnenwarme Knabenhaut. Ein Riesenbuch, dessen unverdient vergessener Autor darin Erkenntnisse niedergelegt haben mußte, die bei der Lösung des Welträtsels von beträchtlichem Nutzen wären, versunkene Schätze des ewigen Wissens: Mit weniger, davon war Kern überzeugt, würde sich einer, der etwas so Gewaltiges hervorgebracht hatte, nicht zufriedengegeben haben. Deshalb faßte Jakob Kern eine Woche nach dem Besuch der Staatsbibliothek den Entschluß, sein Leben der

Wiederentdeckung Isnard Corbinian Lechleitners zu widmen. In der Folgezeit erfuhr er aus alten Enzyklopädien, daß Lechleitner unter anderem als einer der ersten Zellen unterm Mikroskop untersucht, mit dem Fernrohr die Sonnenflecken beobachtet, den Mond und die wichtigsten Meeresströmungen kartiert hatte. Ein Gerät zur Messung von Erdstrahlen ging auf ihn zurück, mehrere Perpetuum mobiles, die allesamt nicht funktionierten, und angeblich war er der Erfinder des ersten Seismographen. Auf Sizilien hatte er antike Handschriften dreier Oden des griechischen Dichters Orchomenides entdeckt, und darin die älteste in Noten überlieferte Melodie der Menschheit überhaupt, die sich später als Fälschung entpuppte. Er hatte die babylonische Keilschrift entziffert – allerdings nicht richtig, heilige Texte aus dem Koptischen und dem Syrischen übersetzt. Außerdem plante er, sämtliche Brunnen Roms zu Wasserorgeln umzubauen, die zusammen eine Art kosmische Symphonie im irdischen Raum ergeben sollten, und versuchte jahrelang vergeblich, Giovanni Bernini zur Mitarbeit zu bewegen. Sein Hauptinteresse galt jedoch dem Magnetismus, in dem er das Fundamentalprinzip der gesamten Schöpfung vermutete, das die natürliche Welt ebenso zusammenhielt wie die übernatürliche und beide miteinander verband. Um diese Theorie zu beweisen, mußte er sich ausnahmslos mit allen sichtbaren und unsichtbaren Erscheinungen befassen.

Für Jakob Kern wurde die Zeit bis zum Abitur reine Qual, da es ihm nicht gelang, näher an Lechleitners Schriften heranzukommen. Die Staatsbibliothek beschied seine Anfragen abschlägig, da die Folianten zu kostbar waren, um sie jedem dahergelaufenen Schüler auszuhändigen, und in den Katalogen der Buchhandlungen existierte Lechleitner nicht. 1959 endlich begann Kern sein Studium der klassischen Philologie, Astronomie und Geschichte in Marburg und hoffte dort auf Spuren von Lechleitners Wirken zu stoßen. Er hatte ein schmales, fein geschnittenes Gesicht und war noch immer nahezu bartlos, was ihm zusammen mit seinen hervorragenden Lateinkenntnissen die besondere Zuneigung des Dekans der Fakultät, Pater Severin Osiander S. J., eintrug. Pater Osiander war zudem einer der wenigen Menschen, die etwas über Lechleitner wußten. Vor allem aber kannte er Kardinal Tisserant, den Leiter der vatikanischen Bibliotheken und Archive, und zwar so gut, daß Kern bereits im vierten Semester und ohne akademischen Grad auf persönliche Einladung hin seine erste Forschungsreise nach Rom antreten konnte. Auch der Kardinal fand Gefallen an Jakob Kern und verschaffte ihm Zugang zu allen Schriften, Manuskripten, Briefen Lechleitners, soweit sie sich in vatikanischem Besitz befanden. Bereits bei der ersten Sichtung des Materials stellte Kern fest, daß Lechleitners Werk ebenso gigantisch war wie die Folianten, in denen es vorlag. Da die wissenschaftliche Aufarbeitung seine Lebensspanne bei weitem überstieg, entschied Kern, sich zunächst mit dem Brunnenprojekt zu beschäftigen, erstens, weil er die Musik liebte und zweitens, weil die akustischen Überlegungen nie veröffentlicht worden waren. Zur selben Zeit starb sein Vater, Kern mußte den Aufenthalt in Rom abbrechen, erfuhr, daß er ein beträchtliches Vermögen hauptsächlich in Gestalt von Wertpapieren und Mietshäusern geerbt hatte, und kehrte wenige Wochen später als Besitzer eines Verlags, der Lechleitners Werk der Öffentlichkeit zugänglich machen sollte, nach Rom zurück. 1970 schließlich erschien das erste Buch der neugegründeten *Edizioni del universo: Le fontane di Roma e l'armonia dell'acqua (Die Brunnen von Rom und der Klang des Wassers)* in einer Auflage von 400 Exemplaren zum Preis von 1800 Mark, mit einem Geleitwort Kardinal Tisserants. Es war auf handgeschöpftem Karton der Firma Ventura gedruckt, in weißes Leder gebunden, mit

Deckel- und Rückenprägungen aus Blattgold, wog fünfeinhalb Kilo und enthielt alle Texte Lechleitners zu dem Vorhaben, unter anderem Briefwechsel mit Urban VIII., Innozenz X. und Bernini sowie Kerns wissenschaftlichen Kommentar in lateinischer, italienischer, englischer und deutscher Sprache. Risse und Zeichnungen hatte Kern auf Kupferplatten übertragen und dann von Hand stechen lassen, so, wie es im 17. Jahrhundert gemacht worden wäre. Die Hälfte der Auflage erwarb Kardinalstaatssekretär Villot, um sie als offizielle Weihnachtsgabe des Vatikans an die Staatsoberhäupter der Welt zu verschenken, der Rest fand rasch Liebhaber unter Bibliophilen. Durch den Erfolg ermutigt, berechnete er die Gesamtausgabe der Werke Lechleitners – soweit möglich im Faksimile ihrer Erstdrucke – auf 72 Bände und konzipierte eine zweite Reihe, *Römische Baudenkmäler in Einzeldarstellungen,* die vorläufig auf 130 Bände angelegt war. Er gründete die Internationale Isnard Corbinian Lechleitner Forschungsgesellschaft, deren Schriftenreihe, die *Studia Lechleitneriana,* ebenfalls in den Edizioni del universo erscheinen sollte. Für seine Verdienste um die Wissenschaft ernannte ihn Kardinal Tisserant im Sommer 1971 zum Commendatore des Ordens vom Heiligen Grabe zu Jerusalem, dessen Großmeister er selbst war. Als ersten Band der eigentlichen Gesamtausgabe Lechleitners hatte Kern die Autobiographie von 1668 vorgesehen, ein Zugeständnis an die modernen Leser, denen häufig erst das Leben eines Autors Zugang zu seinem Werk eröffnete. Allerdings nahm die Kommentierung fast sieben Jahre in Anspruch, während derer Kern sowohl geräumige Wohnungen als auch Büros in B. und Rom unterhielt, zwei Sekretärinnen und einen Prokuristen beschäftigte, ohne daß auch nur ein einziges Buch in seinem Verlag erschien. Nach Abschluß der eigentlichen Forschungsarbeit überließ Kern die Verhandlungen mit Banken, Druckern und Buchbindern dem Prokuristen, um sich unverzüglich dem zweiten Band widmen zu können. Der Prokurist hatte bereits für ein Drittel der 2000 Exemplare Subskribenten gewonnen, als er im Oktober 1979 auf Nimmerwiedersehen verschwand. Obwohl die Buchblöcke fertig waren, fand sich wegen der horrenden Schulden der Edizioni del universo weder eine deutsche noch eine italienische Bank, die Kern einen weiteren Kredit gewährte, und weil Gerüchte von seiner drohenden Zahlungsunfähigkeit, ohne daß er es bemerkt hatte, längst die Runde machten, verlangten die Buchbinder Bürgschaften oder Vorauszahlungen, die Kern weder beschaffen noch leisten konnte, so daß die noch ungebundenen Faksimiles des ersten Bandes der opera omnia Isnard Corbinian Lechleitners zusammen mit Kerns Privatbibliothek, seiner Münz-, Siegel-, Meß- und Holzblasinstrumentensammlung kurz darauf vom Konkursrichter beschlagnahmt wurden. Jakob Kern wurde festgenommen und verbrachte drei Monate wegen des Verdachts des betrügerischen Konkurses in Untersuchungshaft. Er nahm vierzehn Kilo ab, weinte den größten Teil der Zeit und schrieb unablässig Briefe an Freunde und Förderer, ohne je eine Antwort zu bekommen. Im Prozeß wurde er zwar vom Vorwurf des Betrugs freigesprochen, weil die kriminellen Machenschaften des Prokuristen offenlagen, anschließend mußte er jedoch einen Offenbarungseid leisten. Da er es während seines Aufstiegs nicht für nötig gehalten hatte, wenigstens einen seiner Studiengänge abzuschließen, blieb ihm nur, sich an der Universität in B. einzuschreiben, wo ihm eine alte Tante ein Zimmer im Souterrain ihres Hauses zur Verfügung stellte, damit er seinen Magister machen konnte. Die Tante, eine Schwester seines Vaters, hielt diese Hilfe für ihre Pflicht, verachtete ihn aber ebenso wie dieser es getan hatte. Kurz nachdem Dr. Hovestett Studentenpfarrer geworden war, zog der Commendatore bei seiner Tante aus, doch in Martin Bredes Umfeld wußte auch sechs Jahre später noch immer niemand, wohin.

»Schauen Sie«, sagte der Commendatore, als er Brede das Photo zeigte, »der größte Augenblick meines Lebens: Seine Eminenz Eugenio Kardinal Tisserant hat seinerzeit dafür gesorgt, daß ich *Le fontane di Roma e l'armonia dell' acqua* dem Heiligen Vater persönlich überreichen durfte.«

Während der vergangenen zwei Stunden hatte der Commendatore abwechselnd geredet und gegessen. Martin Brede schämte sich ein wenig, daß er bis jetzt, wo er das Photo mit eigenen Augen sah, Zweifel gehabt hatte, daß die Erzählungen des Commendatore der Wahrheit entsprachen, und schaute trotzdem nach Anhaltspunkten für eine Montage.

»Ich habe zwanzig Minuten mit dem Papst gesprochen, er hat mich zu meinen Forschungsergebnissen beglückwünscht. Damals bin ich im Vatikan ein und aus gegangen, alle Türen standen mir offen, jetzt habe ich nicht einmal mehr eine Maschine, um meine Arbeit, die kurz vor der Vollendung steht und Lechleitner in ganz neuem Licht erscheinen lassen wird, abzuschreiben. Ohne diese Abschrift wird Professor Vohwinkel sie nicht annehmen. Dann muß ich alle Hoffnung fahren lassen. – Aber mein Freund, ich will Sie nicht weiter auf die Folter spannen: Wenn Sie möchten, können Sie das Buch aus der Tasche holen. Ich bin sicher, daß Sie noch nie etwas Vergleichbares gesehen haben. Mit Ihrem Einverständnis würde ich allerdings gerne noch die letzten drei Brote essen. Es schmeckt alles hervorragend. Am besten ist der Lachs. Ich kann mich nicht erinnern, wann ich zum letzten Mal Räucherlachs hatte. – Allerdings würden Sie mir einen großen Gefallen erweisen, wenn Sie sich vorher die Hände waschen könnten. Nicht weil ich dächte, daß Sie schmutzige Hände haben, nur wissen Sie, das Leder ist sehr empfindlich und dies ist mein einziges Exemplar...«

»Natürlich – wegen der Fettflecken, wenn man Wurst oder Schinken ißt, bleibt immer Fett an den Fingern. – Entschuldigen Sie mich einen Moment«, sagte Martin Brede und ging zur Tür, denn die Gemeinschaftswaschräume lagen am anderen Ende des Flurs. Er hatte von jeher großen Respekt vor Büchern, wusch sich die Hände dreimal hintereinander und ließ anschließend reichlich Wasser darüberlaufen, damit keine Seifenreste das Leder gefährdeten. Wenn es das Buch gab, mußte die ganze Geschichte wahr sein. Auf dem Rückweg wunderte er sich, daß aus seinem Zimmer Licht auf den Flur fiel, denn er meinte, beim Hinausgehen die Tür zugezogen zu haben. Als er ins Zimmer kam, war der Commendatore nicht mehr da. Brede dachte zunächst, daß ihm plötzlich übel geworden sei, was kein Wunder gewesen wäre, denn er hatte deutlich mehr gegessen, als ein Magen gemeinhin verkraftete. Oder er hatte seine Skepsis angesichts des Photos bemerkt. Oder es hatte ihn plötzlich die Angst vor dem Dunkel überfallen. Brede setzte sich aufs Bett und wußte immer noch nicht, was er glauben sollte. Erst nach einer guten Stunde merkte er, daß seine Schreibmaschine ebenfalls verschwunden war. Er beschloß, niemandem von der Sache zu erzählen.

Drei Wochen später kam Dr. Hovestett in Bredes Büro und sagte, falls er noch Benachrichtigungskärtchen des Commendatore habe, könne er die fortwerfen, denn der Commendatore sei tot, er habe heute die Anzeige mit der Post erhalten.

Die Kirche im Dorf

Wir kehren um, mir laufen die Tränen, Lena hält meine Hand, sie sagt nichts.

Ihr Schweigen irritiert mich.

Wir können den Weg gut erkennen, obwohl weder der Mond durch die Wolken scheint, noch in der Nähe ein Licht brennt. Der Schnee auf den Äckern strahlt von innen heraus, kreidebleich. Den Meldungen zufolge sind es vierzig Zentimeter, gefallen während einer einzigen Nacht, der letzten, auf steinharte Böden nach zwei Wochen Frost. Heute morgen ist der Schnee Regen geworden, seitdem schüttet es. Das Wasser wird Tage brauchen, um das Land freizulegen. Wir rutschen mehr als wir gehen, kein Schritt steht sicher in den Pfützen auf vereistem Asphalt. Die wenigen entgegenkommenden Autos fahren langsam, blenden unseretwegen nicht ab.

Ich will einen der Fahrer schlagen.

Wir sind fast eine Dreiviertelstunde in diese Richtung gegangen und haben nichts gefunden. Kein Restaurant, keinen Dorfgasthof. Die Tankstelle war geöffnet, wurde jedoch von Automaten betrieben. Ich beschwor Lena: »Laß uns weitersuchen, bitte, schau, dahinten ist die Straße wieder beleuchtet, und Fonck hat gesagt, im Nachbarort gebe es diese Kneipe, wo die Leute aus der Gegend Bier und Schnaps tränken, viel Schnaps vor allem – ein paar belegte

Brote oder gebratene Eier werden sie uns dort doch wohl machen können.«

Aber der nächste Ort war kein Ort, sieben Häuser, drei Straßenlaternen ohne Bushaltestelle. Aus einem Wohnzimmer schimmerte es fahl vom Fernseher, und in den Schaufenstern eines umgebauten Gehöfts hingen Bilder von Segelschiffen, vom Sommer am Meer: in Neon getaucht. Lena hat mich schließlich weggezerrt, obwohl ich weder geschrien habe noch schreien wollte.

Mein Gesicht kann auch vom Regen naß sein.

Es sind lediglich die Nerven, blank nach acht Stunden in überfüllten Waggons, stickigen Abteilen, hauptsächlich aber auf Bahnsteigen, in schäbigen Cafés, Wartesälen, weil die Hälfte der Züge wegen der gestrigen Schneestürme ausgefallen war. Um uns herum quengelnde Kinder, überreizte Geschäftsleute, hektische Schaffner. Der Geruch nassen Wollstoffs hing in der Luft.

Gegen zwei hätten wir in Cillau sein sollen, angekommen sind wir nach fünf, kurz vor Einbruch der Dunkelheit. Wir fanden verschlossene Türen vor und haben draußen auf Fonck gewartet, der im Pförtnerhaus des ehemaligen Klosters wohnt und das Anwesen im Auftrag Dr. von Retzows verwaltet. Fünfundzwanzig Minuten haben wir so gestanden, bis zu den Knöcheln im Schnee, dort, wo vor siebenhundert Jahren der Kreuzgarten war, und es regnete in Strömen. Es gab kein Vordach, wo wir uns hätten unterstellen können, wenigstens den Koffer mit dem technischen Gerät.

Als Fonck endlich kam, hielt er es nicht für nötig, sich zu entschuldigen. Dabei hatte er mir seine Anwesenheit telefonisch zugesichert und ich unsere Ankunftszeit mehrfach korrigiert – den ständig wechselnden Angaben des Bahnpersonals vertrauend. Er schloß die Wohnung auf, in der wir die nächsten vier Wochen verbringen würden, zeigte uns den Briefkasten, die Mülltonnen, übergab mir den Schlüssel und verschwand. Die Wohnung befindet sich im Dachgeschoß direkt über dem früheren Refektorium. Fette Tropfen schlugen auf die Gauben wie Hagelkörner. Lena und ich schauten uns vorsichtig um. Von den Dielen flogen Staubflocken auf, die Töpfe und Pfannen im Küchenschrank klebten an Fetträndern fest.

Natürlich bin ich Dr. von Retzow und seiner Stiftung zutiefst dankbar, daß sie meine Arbeit unterstützen, sogar finanziell. Und es ist mehr als ein glücklicher Zufall, daß sich der älteste erhaltene Flügelaltar der Kunstgeschichte hier in Cillau befindet und zum Besitz der Stiftung gehört. Die Stiftung beherrscht alles, und das ehemalige Kloster in Cillau stellt sozusagen ihr heimliches Zentrum dar. Die Gremien und die Verwaltung sind allerdings in der Hauptstadt O. ansässig. Zum Beispiel schicken die meisten Funktionäre ihre Kinder ins hiesige Kindergarteninternat, damit sie im rechten Geist heranwachsen und von klein auf die Prinzipien lernen.

Aufgrund der Großzügigkeit Dr. von Retzows werde ich meine Studien zur spätgotischen Schnitzkunst auf ein solides Fundament stellen können, indem ich dieses früheste Beispiel in all seinen Facetten studiere: technisch, kompositorisch, ikonographisch. Mein Buch wird so ein deutlich größeres Gewicht bekommen. Das sollte ich mir immer vor Augen halten. Was bedeutet im Vergleich dazu ein wenig Staub, zu dem wir ja ohnehin zurückkehren.

Lena sieht das genauso. Möglicherweise schweigt sie deshalb. Sie findet mich anspruchsvoll.

Aber Dr. von Retzows letzter Brief wies einige Ungenauigkeiten auf. So nannte er zwei Speisegaststätten, die in Cillau ansässig seien, das »Weidmannsruh« und die »Klosterschänke«, wo wir einfach und preiswert essen könnten, vergaß aber zu erwähnen, daß beide nur während der Sommermonate geöffnet sind. Darüber hinaus schrieb er von einer Buchhandlung und einer Fleischerei, die bereits Ende vergangenen Jahres geschlossen wurden. Ich verüble ihm diese Fehler nicht, da er sein Büro eben auch in O. hat, rund zweihundert Kilometer von hier entfernt. Da kann er sich unmöglich um die wirtschaftlichen Entwicklungen in Cillau kümmern, zumal die Stiftung Dutzende Einrichtungen unterhält.

Ich bin inzwischen völlig durchnäßt. Es sind jedoch nur noch wenige Minuten bis zum Kloster. Ich erkenne bereits den orangen Widerschein der Strahler am Himmel.

Lena hat etwas gesagt. Ich habe ihr nicht zugehört. Sie wiederholt: »Bei Tageslicht sieht alles ganz anders aus.«

»Ja. Bestimmt.«

»Wir werden ans Meer gehen, heute – oder?« fragt Lena, während wir beim Frühstück sitzen, erwartet aber nicht ernsthaft eine Antwort. Es regnet noch immer. Ich habe alle Lampen eingeschaltet, sechs. Sie sind schwach, der Raum bleibt dunkel.

Immerhin gibt es die Bäckerei und den Kiosk, die Dr. von Retzow erwähnte, tatsächlich, wir konnten Brot, Kaffee und eine Zeitung kaufen. Im Kiosk führen sie zudem Schreibwaren, Getränke und eine kleine Auswahl Konserven. Heute werden wir Erbseneintopf essen, morgen Bohnensuppe, übermorgen ein Linsengericht mit hundert Gramm Fleischeinwaage; Freitag dann Hering.

Hinter dem Rhythmus der Tropfen versteckt sich die Stille wie ein nächtliches Tier. Sobald der Regen aufhört, wird es uns einkreisen, bis wir vor Angst wahnsinnig werden und einen großen Fehler machen. Daß wir den Fehler machen, ist sicher; welcher es sein wird, weiß niemand. Lena kaut und liest Zeitung, als sei alles in Ordnung. Das Geräusch des Papiers beim Blättern reizt mich aufs Blut. Sie hat heute morgen als erstes die Dielen gewischt, dann den Tisch gedeckt, Kaffee gekocht, das Brot über der Spüle mit dem großen Messer aufgeschnitten, damit der Boden nicht sofort wieder verdreckt.

»Ich möchte, daß wir es schön haben. Dann ist doch alles leichter.«

Das hat sie seit gestern viermal gesagt. Ich reagiere darauf aber nicht. Mein Aufenthalt hier ist ausschließlich beruflicher Natur, es geht um ein bedeutendes Kunstwerk, das ist mir Schönheit genug. Seinetwegen habe ich die Reise in diesen verödeten Landstrich auf mich genommen.

Ich erkläre Lena, daß ich den Altar jetzt anschauen will, vielleicht eine Stunde lang, lediglich im Sinne einer ersten Näherung, wir müssen uns aneinander gewöhnen. Sie lacht, aber mir ist es Ernst damit. Plastiken, insbesondere Holz- und Steinplastiken, haben eine Empfindlichkeit wie Tiere oder Menschen. Die muß ich als Forscher respektieren, sonst verweigern sie sich, oder es geschieht Schlimmeres. Nicht ohne Grund haben ganze Kulturkreise Plastiken verbannt, hat es Bilderstreit gegeben und Bilderstürme quer durch alle Epochen. Die Frommen früherer Zeiten wußten, daß sie den steinernen Pharaonen, Göttern, Kaisern, Aposteln mit den Nasen auch das Leben herausschlugen. Lena interessiert sich nicht für derartige Fragen. Lena ist ein vollkommen diesseitiger Mensch. Ich habe deshalb schon mehrfach erwogen, mich von ihr zu trennen, bringe es aber nicht übers Herz. Sie braucht mich ja.

»Backsteingotik«, sage ich zu ihr, als wir über die Fundamente des ehemaligen Kreuzgangs auf den mächtigen Kirchenbau zugehen. Lena hält den Schirm. Irgendein Landrat des vorletzten Jahrhunderts hat die schweren, nackten Eichentüren durch grau lackierte in klassizistischem Stil ersetzen lassen. Vermutlich ohne daß ihn jemand dafür geohrfeigt hat. Im Vorraum ist ein primitiv gearbeitetes, über zwei Meter hohes Modell der gesamten Anlage aufgebaut.

1238, 1988 haben die Dorfbewohner vor langer Zeit mit violetten Buchstaben auf zwei weiße Tafeln rechts und links der engen Pforte geschrieben.

Dahinter in einiger Entfernung, vielleicht dreißig Meter, der Altar. Er wirkt unruhig, als wehre er sich gegen etwas. Ich habe das Bedürfnis, mich umzudrehen, um niemals wiederzukommen. So muß der erste Blick des Entdeckers in eine Grabkammer sein, die nicht geplündert wurde. Bang und furchtlos, entschlossen und zögernd. Die viertausend Jahre toten Augen treffen ihn völlig unvorbereitet, selbst wenn er Ägypten zeitlebens studiert hat. Im nervösen Schein der Fackeln, Ziegelrot und Gold: verbrannte Erde, Licht vom Licht. Gott kam ins Fleisch, starb, erstand, wurde Erinnerung, in Holz geschnitten, will darin wohnen für alle Zeit, denen zum Heil, die spät geboren sind. Ich trete vorsichtig näher, drücke lautlos die Türklinke in der Zwischenwand aus Panzerglas. Die Tür bewegt sich nicht. An der Scheibe klebt ein Zettel, darauf steht mit schwarzer Tusche: »AUS SICHERHEITSGRÜNDEN MUSS DIE KIRCHE VERSCHLOSSEN BLEIBEN! DAS IST EINE ANORDNUNG DES EIGENTÜMERS.«

»Zu!« sagt Lena.

»Eine Unverschämtheit!« sage ich. »Ich könnte jemanden umbringen!«

Die Verantwortlichen wissen seit Wochen, daß ich ab heute den Altar untersuche. Auch der Stiftungsverordnete des Bezirks Gorwitz-Cillau, ein Herr Bredesen, ist rechtzeitig in Kenntnis gesetzt worden. Niemand soll mir erzählen, daß die verschlossene Tür Zufall ist. Es gibt in dieser Gegend, wo die Stiftung herrscht, keine Zufälle.

Langsam fange ich an, die Bedeutung der dunklen Stellen in Dr. von Retzows Briefen zu erahnen: »Gegen erbitterten Widerstand einiger Kuratoriumsmitglieder, ein Umstand, der Sie jedoch nicht weiter beschäftigen muß, habe ich mich entschlossen, Ihre Studien auch mit einem größeren Geldbetrag zu unterstützen ...« – »In Cillau wird natürlich nicht alles so einfach sein, wie Sie es gewohnt sind ...« – »Möglicherweise werden Sie auf Vorbehalte treffen, denn es ist äußerst schwierig, einfachen Menschen, deren Leben vom Kampf ums tägliche Brot beherrscht wird, die Bedeutung einer Arbeit wie der Ihren für das Wohl unseres Landes begreiflich zu machen.«

Offenbar ist es Dr. von Retzow auch in den vergangenen zwei Wochen nicht gelungen, die Vorbehalte auszuräumen, nicht einmal in den Führungszirkeln. Ohne Rückendeckung von höherer Stelle würde es niemand wagen, meine Arbeit, die von der Stiftung ja offiziell unterstützt wird, derart unverhohlen zu sabotieren. Die Menschen hier gehorchen den Weisungen der Stiftung bedingungslos. In Zeitungen unterschiedlichster politischer Zielsetzung war zu lesen, die Stiftung sei das einzige, was den Bewohnern dieser abgelegenen Region Halt gebe, ihnen das Gefühl vermittle, ihr Dasein habe trotz allem Berechtigung. Möglicherweise ist selbst Dr. von Retzows Stellung nicht mehr unangefochten, er weiß es nur noch nicht.

»Reg dich nicht auf«, sagt Lena, »bestimmt hat Fonck den Schlüssel.«

»Fonck? – Du glaubst doch nicht im Ernst, daß sie jemandem wie Fonck, einem Gestrandeten, dem man seine Kleinkriminellenseele auf hundert Meter Entfernung ansieht, daß sie dem ... – ich bitte dich, Lena, das ist lachhaft!«

Ich drücke mein Gesicht gegen die Scheibe wie ein Junge, der das Ende der Regenfälle herbeisehnt, damit er der Enge des Zimmers entkommt.

»Wir sind zur Untätigkeit verurteilt. Ich vergeude meine kostbare Zeit hier fernab der Zivilisation, weil hinter den Kulissen ein Machtkampf tobt, der auf meinem Rücken ausgetragen werden soll.«

»Dann können wir ja doch schon heute ans Meer gehen«, sagt Lena.

Zurück in der Wohnung stelle ich fest, daß unser Telefon nicht freigeschaltet wurde. Wir haben keine Verbindung zur Außenwelt.

Das Land ist weit wie der Himmel, lediglich etwas heller grau durch den Schnee. Einzelne Bäume stehen in der endlosen Ebene wie aufgeklebt. Hauptsächlich Eichen, krank oder tot. Ein Fußtritt brächte sie zu Fall. Die Entwässerungsgräben laufen über und verströmen einen faulen Geruch. Krähen fliegen davon. Sie hatten nicht mit uns gerechnet, mit niemandem. Eigentlich ist der Weg unbegehbar, aber ich habe keinen anderen gefunden. Zwei alte Pferde mit durchhängenden Rücken harren aus, bis zu den Fesseln im Schlamm. Aus ihren Nüstern dampft es, sie geben nicht auf. Lena summt ein altes Kinderlied, das den Rhythmus eines Marschs hat, als zögen wir ins Feld. Am Horizont sehe ich Hunderte Wohnwagen, dahinter den Deich, endlich.

»Dreißig Fußminuten bis zum Meer«, hat Dr. von Retzow geschrieben. Seine Angaben sind allesamt ungenau, beschönigend, oft völlig falsch. Selbst wenn ich in Rechnung stelle, daß wir durch den Schneematsch langsamer vorwärts kommen. Entweder ist Dr. von Retzows Macht bereits dramatisch im Schwinden, oder er spielt ein böses Spiel.

Erfrorenes Röhricht säumt gelb den Kanal längs des Wegs, eine verschämte Erinnerung an den Sommer, die niemand ausspricht. Der eisige Regen peitscht in mein Gesicht. Ich bin froh, daß Lena nicht klar ist, in welcher Gefahr wir uns befinden. Die verwitterte Brücke über den Graben hält. Wir kommen zu einer ausgestorbenen Siedlung, verfallende Häuser aus dem letzten Jahrhundert. Offenbar eine Ferienkolonie. Damals galt der Strand hier als der schönste des Landes. An den verwaisten Geschäften klebt zerfetzte, ausgebleichte Werbung für Zeitschriften, Erfrischungsgetränke, die es längst nicht mehr gibt.

»Schau mal, wilde Hunde«, sagt Lena und zeigt auf einen verklinkerten Bungalow, dessen Tür aufgebrochen wurde. Ich sehe noch, wie zwei verwischte Schatten hinter dem Sichtschutz der Terrasse verschwinden. Zum Glück sind sie scheu. Trotzdem suche ich jetzt nach einem Stock.

»Du brauchst keine Angst zu haben«, sage ich und hebe einen dicken Ast auf.

»Hab ich sowieso nicht. – Du?«

Mit der Sicherung des Deichs nehmen die Behörden es genau, seit erste Dörfer infolge der Sturmfluten aufgegeben werden mußten. Unbefugten ist das Betreten lediglich an eigens gekennzeichneten Übergängen gestattet. Bei Zuwiderhandlung drohen Geld- und sogar Freiheitsstrafen. Die vorgelagerten Dünen werden durch Elektrozäune geschützt.

Das Wasser ist aufgewühlt. Es hat eine bräunliche Farbe, selbst die Gischt wirkt schmutzig. Ein scharfer Geruch nach Tang, Muscheln. Linker Hand Befestigungsanlagen, Bunker, Stellungen aus dem letzten oder vorletzten Krieg.

Von weitem kommt uns ein Mann entgegen, der einen Spaten geschultert hat. Er trägt olivgrüne Gummistiefel, Ledermantel, Kordkappe, auf dem Rücken einen schweren Rucksack, und er schaut nicht ein einziges Mal vom Weg auf. Trotzdem ist deutlich spürbar, daß er sich mit uns beschäftigt, aber nicht im guten. Auf meinen Gruß erhalte ich keine Antwort, auch kein Nicken. Unmittelbar vor uns zieht er lauthals Schleim aus dem Rachen in den Mund hoch und spuckt vor mir aus. Seine Augen sind stark gerötet. Langsam zieht er weiter in Richtung der sinkenden Sonne.

»Laß uns gehen«, sage ich zu Lena.

»Vielleicht war er krank«, sagt Lena.

Unterwegs begegnen wir niemandem. Das Geschrei ziehender Wildgänse von jenseits der Wolken. Auch das Dorf scheint ausgestorben, trotz der brennenden Laternen. Als wir in den Klosterhof einbiegen, ist es fast dunkel. Entgegen unserer sonstigen Gewohnheit bestehe ich darauf, die Fenster während der Nacht geschlossen zu halten.

Lena widerspricht nicht.

Wir sitzen auf der alten Holzbank und starren durch die Glaswand den Altar an.

Fonck war da heute morgen. Er hat uns seine Haustür geöffnet, wenn auch nur einen Spalt breit, und versichert – noch ehe ich überhaupt etwas gefragt hatte –, daß er keinen Schlüssel habe, den verwahre Herr Bredesen, aber der sei zur Zeit in Stiftungsangelegenheiten verreist. Es täte ihm leid, er könne uns nicht helfen. Und dann war die Tür wieder zu.

Es ist vollkommen zwecklos. Von hier aus kann ich nicht eine der dreiunddreißig Szenen identifizieren, geschweige denn die einzelnen Meister unterscheiden, vier angeblich. Aber die letzte Schrift über den Cillauer Altar ist vor knapp hundert Jahren erschienen, die wenigen erhaltenen Exemplare sind in furchtbarem Zustand, die Abbildungen schwarzweiß und völlig verblaßt. Darauf eine Studie zu gründen, die die Geschichte des Schnitzaltars nachverfolgt, hieße, eine Geschichte ohne Anfang zu schreiben. Zumal die Reliquien, für die der Schrein ursprünglich in Auftrag gegeben wurde, ohnehin verschollen sind: Tuch mit Christi Blut durchtränkt, ein Dorn aus der Dornenkrone, sogar Splitter aus der Wiege Abrahams sollen die Mönche besessen haben. Außerdem Knochen der Heiligen Stephanus, Laurentius, Georg, Agnes, Katharina. Jedes Stück in einem eigenen Goldgefäß gefaßt, mit den kostbarsten Edelsteinen, derer man habhaft werden konnte, besetzt. Wie vor den Toren des himmlischen Jerusalems muß sich der schmutzige, hustende Pilger gefühlt haben, wenn er nach Wochen der

Wanderung auf kaum befestigten Straßen durch das wolkenverhangene, von Sümpfen durchzogene Land in die gewaltige Halle trat, den klaren Linien des Chorals folgte und dann in weiter Ferne das Gold, die Steine zwischen den Weihrauchschwaden schimmern sah im Glanz der Morgensonne. Auf Knien, tränenüberströmt hat er um Vergebung seiner Sünden geschrien: Stolz, Habgier, Hoffart, Mord und Totschlag, Unzucht – Unzucht vor allem.

»Es ist halb drei: Ich mache uns etwas zu essen warm«, sagt Lena, »willst du Bohnen oder Linsen?«

»Bohnen«, sage ich, »heute sind die Bohnen dran.«

Als wir aus der Kirche kommen, sehe ich einen Mann in dunkelblauem Trainingsanzug davonlaufen. Fonck steigt in sein Auto und fährt weg. Eine Mischung aus Nebel und Nieselregen hat sich in den Innenhof gesenkt.

Auf der Treppe vor unserer Wohnungstür liegt eine Taube mit gebrochenem Genick. Etwas Blut ist aus ihrem Schnabel gelaufen, eine kleine rote Pfütze auf dem nassen grauen Stein, ganz frisch. Vorsichtig lege ich meine Hand auf ihre Brust. Sie ist noch warm. Eine Brieftaube, wie der Ring beweist. Ich schaue mir die sechs Scheiben in der Tür genau an, aber ich will mir nichts einreden, ich untersuche auch die Holzrahmen, vielleicht findet sich ein Kratzer, ein Federchen, etwas Blut. Da ist aber keine Spur, nichts, was auf einen Aufprall hindeuten würde.

»Sicher ist sie dagegengeflogen«, sage ich zu Lena, »das kommt häufig vor, daß Vögel ein geschlossenes Fenster mit dem offenen Himmel verwechseln und hineinfliegen.«

»Kann ich mir kaum vorstellen«, sagt Lena, »in der Tür spiegelt sich die Kirchenmauer.«

Schweigend rührt sie die Bohnen, damit nichts anbrennt, schweigend sitze ich am Tisch und blättere in der Zeitung, ohne etwas zu lesen. Ein Knirschen über uns, dann rutscht ein Schneebrett vom Dach.

»Willst du Wasser?« fragt Lena.

»Nein.«

Das Geräusch der Blechlöffel auf dem Porzellanteller. Die Bohnen kleben am Gaumen, als äßen wir Holzstaub.

»Wir reisen ab«, sagt Lena, »zu Fuß, sobald es dunkel ist. Bis zur Grenze sind es vierzig Kilometer, das können wir schaffen. Einen Wagen bekommen wir doch nicht. Und wir lassen alles hier außer den beiden Rucksäcken.«

»Ja«, sage ich, »es ist die einzige Möglichkeit.«

Lena packt die nötigsten Sachen ein, Brot, Wasserflaschen, immerhin haben wir eine Taschenlampe. Dann ziehen wir jeder zwei Pullover, Mäntel, Regencapes an und warten auf die Dämmerung. Zwei Stunden, die schließlich doch vergehen.

Als wir aus der Tür treten, bellen Hunde. Große, wütende Hunde. Sie nähern sich aus verschiedenen Richtungen. Dahinter laute Männerstimmen, die einen fremdartigen Vers skandieren. Der Regen hat nachgelassen, aber es scheint kein Mond. Das ist schlecht, die Batterien werden kaum die ganze Nacht halten. Eisenstangen, Hölzer werden gegeneinandergeschlagen. Ein Scheinwerfer tastet die Wände ab.

Im Supermarkt

Vielleicht ist es nur die Luft nach dem Winter, der zu lang war, wie alle Winter.

Ich bin aus dem Haus gegangen. Ich werde etwas kaufen, ein großes Essen für Susanne kochen, Wein mit Susanne trinken. Irgendwann heute abend.

Sie geht vor mir her. Das ist ihr gutes Recht. Kein kurzer Rock, keine hochhackigen Schuhe. Zupft an ihrem T-Shirt: orange-blau-weiße Querstreifen. Vermutlich trägt sie es heute zum ersten Mal seit Monaten wieder. Ich kenne ihr Gesicht nicht und habe nie ein Wort aus ihrem Mund gehört. Die Bewegung der Hüfte; dickes, krauses, dunkelbraunes Haar, das bei jedem Schritt schwer auf den Rücken fällt. *Die Bäume schlagen aus.*

Ich sage: »Gnädigste, kommen Sie mit mir hier den Feldweg hinunter ins Buschland, es ist niemand dort um diese Zeit, und die Sträucher stehen eng. Spüren Sie nicht, daß wir in diesem Moment für den Fortbestand der Welt eine Rolle spielen könnten?«

Ihre Ohrfeige, aus der Drehung kurz und hart, ist nicht persönlich gemeint, nur eine Gewohnheit, die sie gelernt hat, ein Ritual, jünger als mein Satz, genauso veraltet. In ihrem Blick für einen Moment Ärger über die Regeln der Mütter und Großmütter, nicht genug für Auflehnung. Sie wird den Blick vergessen, ihren Freundinnen erzählen, daß ein

Mann, eine Sau versucht habe, sie ins Gebüsch zu zerren. Schlimmstenfalls wird sie zur Polizei gehen.

Ich erhöhe mein Schrittempo. Wir erreichen jetzt den Teil des Bürgersteigs, wo die Äste so weit aus der Hecke ragen, daß keine zwei Menschen nebeneinandergehen können, ohne daß einer sich die Arme zerkratzt oder auf die Straße gedrängt wird. Ich überhole sie, falle zur Seite und in sie hinein, mit Mühe fängt sie unseren Sturz ab, fährt mich empört an: »Sie, du – kannst du nicht aufpassen!«

Und dann, als ich mich entschuldige: »Mir ist gerade ein wenig schwindlig geworden, eine kurze Irritation des Kreislaufs, die Knie sind mir einfach so weggebrochen – kann ich das irgendwie gutmachen?« lächelt sie mit aller Vergebung, die eine Frau gewähren kann: »Laden Sie mich zum Essen ein, ich weiß ein nettes Restaurant ganz in der Nähe, das öffnet in zehn Minuten.«

Sie biegt in die Auffahrt zum Supermarkt ein, immer noch drei Meter vor mir, ich habe sie weder überholt noch davonziehen lassen, ich habe ihr Gesicht immer noch nicht gesehen, nur das Haar, den Hintern: kräftig und fest wie bei einem Rennpferd.

Ich denke an Susanne, die erst in sechs oder acht Stunden kommt, hungrig und müde, der ich Huhn mit Morchelrahm versprochen habe, süße Erbsen.

Sie schaut nach links wegen der Autos, ihre Nase ist sanft gebogen, ihr Kinn scharf geschnitten: das Profil einer vornehmen Orientalin. Bei den Einkaufswagen stehe ich neben ihr, sie durchsucht ihr Portemonnaie nach einem Markstück, vergeblich, ich halte ihr meins hin, auf der flachen Hand, als wolle ich ihr Zucker geben, sage: »Nehmen Sie das, ich habe drei. Erlauben Sie mir dafür, daß ich einen Moment an Ihrem Haar rieche.« Da lacht sie, als sei das der natürlichste Wunsch der Welt, dreht sich um, wendet mir den Rücken zu, wirft den Kopf in den Nacken: »Bitte! – Ich habe es heute morgen mit frischem Ei und Kokosmilch gewaschen.«

Aber dann findet sie doch eine Mark. Ihre Hände, die schlank sind und kraftvoll, ziehen den Wagen mit einem leichten Ruck aus der Reihe. Ein unsichtbarer Palastdiener öffnet auf ihr kaum merkliches Winken hin die Tür. Verbeugt sich stumm und sehr tief, schlägt die Augen nieder: Nie würde er wagen, sie mit einem Satz zu belästigen, geschweige denn mit einem lüsternen Blick, der könnte ihn das Leben kosten.

Wir sind Seite an Seite bei den Feigen, den Litschis, den Kumquats. Sie zuckt kurz, als ich versehentlich ihren nackten Ellbogen streife, beim Griff nach derselben Frucht. Nickt huldvoll, als ich ihr den Vortritt lasse, sie ist es gewohnt, daß man ihr den Vortritt läßt. Souverän, wie nur Frauen aus alten Beduinengeschlechtern souverän sind, wissend, daß Aufstieg und Fall von ihrer Gunst abhängen. Im Schwarz ihrer Augen steht geschrieben, daß es sie nicht sehr beeindruckt, wenn jemand ihretwegen stirbt, dafür waren es schon zu viele, Generäle darunter, Gelehrte, Hofnarren. Sie dreht eine Mango hin und her, prüft den Reifegrad durch leichten Daumendruck. Ein junger Verkäufer starrt sie über einen verspiegelten Pfeiler an, wagt aber nicht einmal, ihr zu sagen, daß die Mangos heute morgen frisch eingetroffen sind. Die Frucht rutscht ihr durch die Finger, nein, sie läßt sie absichtlich los, sie schaut mich an, ich bin sicher, daß sie mir nur Gelegenheit geben will, vor ihr auf die Knie zu gehen. Die Schale ist aufgeplatzt, Saft läuft aus, die kleine Pfütze auf dem Marmor eine Geschmacklosigkeit. Sekundenbruchteile später kniet sie neben mir, sagt: »Danke, das ist sehr freundlich von Ihnen.«

»Keine Ursache – Verraten Sie mir dafür Ihren Namen?«
»Aischa.«
»Ich bin der Maler Robert von Eisleben, wann darf ich Sie portraitieren?«

»Überhaupt nicht.«

Es gibt keine süßen Erbsen um diese Jahreszeit, nicht einmal aus Südafrika oder Neuseeland. Ich verliere sie, sie verflüchtigt sich zwischen Konserven, Mehl, Gewürzen. *Was mache ich hier?* Schiebe meinen Wagen durch Regalreihen, in denen ich nichts suche. Laufe blind am Rasierschaum vorbei, am Olivenöl, obwohl beides auf meiner Liste steht, bis ich sie wiedergefunden habe, das Scheherazade-Haar, den Araber-Hintern. Neben dem Fisch, vor den Eisschränken. Sie begutachtet Tiefkühlpizzen: Margherita, Tonno, Quattro Stagioni. Liest die Angaben mit den Zutaten, legt alles zurück, angewidert – eigentlich sollte dafür jemand sterben. – »Wo ist mein Henker?« – Sie greift nach einer Fertiglasagne, nur einer, legt sie in ihren Wagen: Die Königin wird heute alleine essen. Das tut niemand gern, da müßte sich anknüpfen lassen: Selbst große Herrscherinnen haben Kinder von Kammerdienern, von Stallburschen geboren.

Ich sage: »Dieses Zeug wird Ihnen kaum schmecken, ich habe Zeit, erlauben Sie, daß ich Ihnen etwas koche, worauf hätten Sie Lust?«

»Wozu«, entgegnet sie, »hinter den Getränkeregalen gibt es eine Abstellkammer, da kommt nie jemand hin.«

Sie nimmt meine Hand, reißt mich fort, wir lassen die Wagen stehen, die Verkäuferinnen füllen Sardinen nach, Dosenbier, Hundefutter, halten uns für ein Paar, sind froh, daß wir die Klingel nicht drücken, kein Leergut zurückgeben wollen – sie haben genug zu tun.

Der Raum ist finster, schwaches umgeleitetes Licht aus einer vergitterten Luke. Ich kann sie kaum erkennen. Rieche Nachtschweiß, Koriander, Safran. Sie drückt ihre Lippen auf meine. Sie schmeckt nach Minze, nach bitterem Tee. Ihre Zunge ritzt Ornamente in meine Mundhöhle, Linien, Buchstabenfolgen in einer fremden Schrift, die ich verstehe und nicht verstehe. *Allahu gamil, jahebbu gamal.* Ihr Rock rutscht zu Boden, weich und fein, wie ein Fesselballon nach der Landung, sie hat ihn selbst geöffnet. Ich bin sicher, daß sie diesen Raum kennt, daß sie es nicht zum ersten Mal hier macht. Lehnt sich zurück, gegen einen Schreibtisch, eine Kommode, sonst ungenutzt. Unter ihr knirscht es, zum Glück kein Glas. Ich sehe nur noch das Weiße ihrer Augen, das einzig Helle in dieser Dunkelheit. Sie ist ganz still, nur der Brustkorb hebt und senkt sich schneller, nicht sehr. Meine Hand sucht in ihr, als hätte ich dort einen kostbaren Stein verloren, während sie ihrem Traum nachspürt, dem Pferdetraum: älter als sie selbst, älter als ihr Volk, das seine Nächte in flatternden Zelten verbracht, sich aus Windhosen geschält hat, mit dem Wüstenstaub geflogen ist, als ein Schrecken der Feinde, als Ende der Welt. Unter gnadenlosem Himmel, tödlicher Sonne. Und *es gab keine Sporen, es gab keine Zügel.* Nur den Geruch von Pferdeschweiß, verbrannter Erde in der Luft, das Dröhnen der Hufe, das schrille Pfeifen der Peitsche vor dem Schlag, platzendes Trommelfell, wegspritzende Tropfen, die im Fallen verdunstet sind, ehe der Sand sie verschlucken konnte, und den harten, unnachgiebigen Druck der Schenkel gegen den überhitzten, nassen Leib – *schon ohne Pferdehals und Pferdekopf.*

Später stehen wir hintereinander an der Kasse, jeder für sich, als würden wir uns nicht kennen. Die Hälfte dessen, was ich kaufen wollte, fehlt, aber das spielt keine Rolle. Ich beuge mich vor, atme noch einmal den Geruch ihres Haars ein. Der Gang ist sehr schmal. Als sie meinen Atem in ihrem Nacken spürt, dreht sie sich um und legt ihren Zeigefinger an die gespitzten Lippen. Unsere Gesichter sind einander so nah, daß weder die Kassiererin noch die anderen Kunden sehen können, was geschieht.

Der Melker

An diesem Sonntag nachmittag im Jahr 1981 brannte der Hof des Bauern Adrian Bröntgen binnen drei Stunden bis auf die Grundmauern nieder. Lediglich die ein wenig abseits stehende Halle mit Traktoren, Grubber, Egge, Pflug, Miststreuer, Strohpresse und einem guten Dutzend halbstarker Mastbullen blieb von den Flammen verschont. Den Zeugen zufolge war das Feuer auf dem Heuboden über dem Kuhstall ausgebrochen, jedenfalls schlug es dort zuerst aus dem Dach, hatte aber sehr rasch auf den daran anschließenden Wohntrakt übergegriffen und schließlich mit dem Wind auch das Schweinehaus erfaßt. Unter den wertvollen, zum Teil preisgekrönten Zuchtsauen brach allein durch den Brandgeruch eine Panik aus, so daß die meisten nicht eigentlich in Rauch und Feuer umkamen, sondern durch Herzanfälle und Infarkte. Ganze vier von siebenundfünfzig Muttertieren nebst einer Handvoll Ferkel konnten sich ins Freie retten, ehe eine schwere Faulgasexplosion in den unterirdischen Güllekammern die Spaltenböden zersprengte und das glühende Gebälk kreischend und funkenstiebend in die Koben stürzen ließ. Später fand man angekohlte Schweineleichen in der Jauche schwimmen. Die Milchkühe waren vermutlich lebendigen Leibes verbrannt oder zumindest erstickt, da es keine Möglichkeit mehr gegeben hatte, den stählernen Halsbügel, mit dem jede an ihrem Trogplatz festgehalten wurde, zu lösen: Bei der Begehung der Brandstätte hingen die Kadaver steif in dem von der Hitze verzogenen Gestänge. Bauer Bröntgen kam samt seiner Familie unversehrt davon, nur Annemarie, die jüngste Tochter, erlitt eine leichte Rauchvergiftung.

Erich hatte am Gatter der Schweinewiese gestanden mit gekrümmtem Rücken, seinen Ellbogen auf die oberste Querstange gestützt, das Kinn in der Hand, und in die dichte Wolkendecke gestiert, die rauh über das flache, seit die schützenden Pappelreihen entlaubt waren, ganz bloß daliegende Land getrieben wurde. Er schob einen kalten Zigarrenstumpen im Mund hin und her, kaute schmatzend die bittern aufgeweichten Tabakfetzen, zog manchmal zähen Schleim durch den Rachen und spuckte grün aus. Von Zeit zu Zeit bückte er sich nach der Branntweinflasche, die halbvoll am Tor lehnte, stellte seinen Glaspinn auf den Pfosten, schüttete, ohne daß auch nur ein Tropfen verlorenging, bis zum Rand ein, setzte knapp an und nahm den Schnaps in einem Schluck. Er hatte sich die Flasche selbst geschenkt, denn heute feierte Erich seinen fünfundfünfzigsten Geburtstag, aber das wußte niemand. Von Anfang an hatte er allen ein falsches Datum genannt und das aus guten Gründen: In jener Nacht, als Josepha zusammen mit den anderen verschwunden war, hatte er erkannt, daß sie auch dann die Wahrheit sagte, wenn er nichts begriff. Immer und immer wieder hatte sie ihm das eingeschärft: »Erich, mein kleiner dummer Junge, wenn du hier je rauskommst, verrate niemals mehr jemandem den Tag, an dem du geboren bist, hast du gehört? – Der Schlüssel zu allem liegt in den Zahlen ... – aber das verstehst du sowieso nicht. – Versprich's mir, Erich: Niemals! Niemandem!« – Während sie zweifelnd und mit leisem Spott zu ihm hinüberblinzelte, hatte er hastig mit dem Kopf genickt. Er vertraute ihr grenzenlos, ihr als einziger.

Josepha kannte viele Geheimnisse, aber vor ihr gab es keine. Mit der Geduld der Engel lehrte sie ihn all die Jahre, wie einer durchs Leben kam. Als man sie fortbrachte, hatte er sehr lange still und ohne Tränen weinend auf seiner Pritsche gesessen und sich nicht mehr gerührt. Er war dafür geschlagen worden und angebunden, dann wurde er befreit, erhielt neue Kleider und Brot. Weil er ebensowenig wußte, warum die Fremden ihn jetzt wegschickten, wie weshalb er vorher dort festgehalten worden war, floh er in die Wälder, ehe sie es sich anders überlegen konnten. Die erste Nacht schlief er zusammengekauert auf dem Grund eines der zahlreichen frischen Bombentrichter, darin fühlte er sich etwas geschützt. Am nächsten Morgen verlor er vor Schmerz die Besinnung: Langsam, aber unaufhaltsam war er während des Schlafes in ihn hineingekrochen, als Kribbeln, als Zittern, wurde stinkender Angstschweiß, eine trocken aufgequollene Zunge. Bei Sonnenaufgang fiel ein Tier über ihn her, schlug ihm die Stirn gegen versteinerte Stämme, riß ihm die Haut in Streifen vom Leib, es erbrach sich als Galle und tobte als wütende Ratte in seinem Gedärm. Er wand sich, er rang, er wühlte im Boden, seine Adern drohten zu platzen, und wild verdreht traten die Augen aus ihren Höhlen. Dann schnürte es ihm wie mit Eisenringen die Brust zu, bis er lautlos erstickt war.

An ein Erwachen wie dieses erinnerte Erich sich nicht. Es war Zeit vergangen. Womöglich viel Zeit. Er spürte die hinter ihm liegenden Tage, Stunden, Minuten, obwohl er bewußtlos gewesen war. Zeit hatte nie etwas bedeutet, er kannte sie nicht. Dort hatte es kein Vorher gegeben und kein Nachher, nur ein dumpfes immerwährendes Jetzt, das manchmal eine Rede Josephas wurde, manchmal ihr Blick, der endlose Brunnenschacht, und manchmal auch Stiefeltritte in den Rücken. Erich schwankte beim Aufstehen und stützte sich mühsam an der Kraterwand ab. Es schien, als sei sein altes, vergiftetes Fleisch fein säuberlich von den Knochen geschabt und durch frisches ersetzt worden, das allerdings noch nicht festgewachsen war. Bis jetzt verweigerten seine ungeübten Muskeln die Bewegungen noch, die Sehnen zogen erst widerwillig an, und seine neue Haut hielt das Ganze noch ziemlich lose zusammen. Aber die Gelatine, in der ihm die Gegenstände immer verschwommen waren, hatte sich unter der Ohnmacht in trockene Klarheit verwandelt. Über ihm bildeten die Blätter nicht länger eine unscharfe Masse Laub, die Bäume trennten sich voneinander, wurden Eichen, Buchen, Kiefern und Fichten mit deutlichen Konturen. Der Wald hörte auf. Alles nahm kräftige, ungewohnt leuchtende Farben an. Und zum ersten Mal sah Erich, daß der Raum zwischen den Dingen leer war. Betörend schön und unerträglich leer. Verbindungslose Einzelstücke in eukalyptusscharfer Luft. Vor dieser Welt fürchtete er sich trotz der hell hereinstürzenden Morgensonne.

Sein Magen knurrte. Er fand den Rest Brot in der Jackentasche und stopfte ihn gierig in sich hinein. Das würde nicht lange vorhalten. Wo denn etwas Eßbares herkriegen? Er kannte doch keinen. Gehen: auf wackligen Beinen durch den duftenden, lichtdurchfluteten Frühsommerwald, vorbei an Toten, zwischen Stacheldraht und zerschossenen Fahrzeugen. Später kam er auf die Landstraße und sah ausgebrannte Häuser und Gehöfte, aber auch unversehrte, und auf einigen Äckern stand junges Getreide. Aus dem mächtigen halbrunden und tiefgrün gestrichenen Scheunentor trat der Bauer, ein kleiner Mann Ende Vierzig mit verschlagenem Blick, dem unter seinem speckigen Lederhut verschwitzte Haarsträhnen an den Schläfen klebten. Erich überragte ihn fast um zwei Köpfe, aber der Bauer war kräftig und gut genährt, wohingegen er seine schlackernde Hose vorne mit einem Tau zusammengezurrt hatte, damit sie notdürftig hielt. Er mußte nicht fragen, und er wurde auch nichts gefragt.

»Wenn gey wat aete wellt, mot gey ou dat eiges uetgraabe.«

Der in den letzten Kriegstagen rasch näherrückenden Front waren Gerüchte drohend zwei Tagesmärsche vorausgeeilt, die Soldaten, erst die eigenen auf der Flucht, dann die fremden Verfolger, plünderten die Vorratskammern und verwüsteten sinnlos alles, was sie nicht selbst essen konnten, weshalb viele in der Gegend ihr Eingemachtes, das Pökelfleisch und auch den schwarzgebrannten Rübenschnaps an mehr oder weniger sicheren Orten vergraben hatten: Bis zu den Waden stand Erich barfuß im lauwarmen Mist, das faulige Stroh zerstach seine Haut. Die bissigen Ammoniakdämpfe der Schweinescheiße verursachten Brechreiz, obwohl er nichts zum Brechen im Bauch hatte. Dagegen roch der Kuhdung beinahe angenehm, süßlich und fruchtbar. Er stocherte hastig, aber planlos herum, wußte kaum, wie eine Forke richtig gehalten wurde, erst allmählich kam Ordnung in seine Bewegungen. Der Bauer wartete kopfschüttelnd abseits. Als Erich ein Knirschen hörte, holte er aus und stach mit aller Kraft zu. Er traf etwas Hartes, das barst, und mit einer Seitwärtsbewegung der Gabel legte er es frei. Zähflüssiger, durchscheinender Sirup sickerte träge zwischen prallen orangegrünen Mirabellen und in der Sonne blitzenden Glasscherben in den Mist. Erich fiel auf die Knie wie ein Sack. Er schob sich die fleischig zerplatzenden Früchte in den Mund, er schlang, er stopfte, er schluckte herunter, ohne zu kauen. Hingegeben schlürfte er den Saft aus dem heil gebliebenen Deckel und leckte ihn schmatzend von den klebrigen Fingern. Ein Splitter zerschnitt ihm die Lippe, er bemerkte es nicht. Hellrot floß das Blut aus dem Mundwinkel die Kinnlade entlang zum Hals, teilte sich, und zwei Rinnsale verschwanden im Kragen. Er fand Gläser mit fettem eingekochtem Schweinebauch, mit Schwartenmagen, dicken Bohnen, Blumenkohl und zum Dessert samtschwarze Schattenmorellen. Er zog den Gummiring, lauschte andächtig gespannt, wie die Luft hineinschoß, hob ehrfürchtig das volle Glas an die Nase und saugte wie benommen die ungeheuerlichen Düfte ein.

»Wae gegaete het, mot ok arbeyje.«

Damit gehörte Erich dem Bauern Franz Bröntgen, wie das Pferd und später der Traktor. Seine Söhne waren auf dem Feldzug gewesen, der älteste bei Odessa gefallen, und Adrian hielten sie in einem russischen Lager gefangen. Arbeit wartete jetzt aber reichlich. Erich bekam einen Schlafplatz auf dem Heuboden, später dürfte er dann die Kate beziehen. Er lernte den Pflug führen und die Sense, Stroh aufbinden und den Dreschflegel schlagen, vor allem lernte er melken: zwischen Daumen und Fingern den Milchstrahl aus der flaumweich behaarten Zitze zu ziehen, kräftig, doch dabei auch behutsam, wenn er falsch zog, konnte sich das ganze Euter gefährlich entzünden. Als die Verwaltungen wieder zu arbeiten begannen, sorgte der Bauer dafür, daß Erich Papiere ausgestellt wurden, der neue Bürgermeister war sein Schwager, widersetzte sich nicht und erfand die Geschichte, Erich sei ein den Russen mit knapper Not entwischter Soldat, habe sich zweieinhalb Jahre bis hierher durchgeschlagen, was gewisse Sonderbarkeiten erklärlich mache. Seine Familie sei bei der Bombardierung Essens umgekommen, und Bauer Bröntgen habe dem armen Tropf in der ihm eigenen Großherzigkeit Arbeit und Brot gegeben. Er erhielt den Nachnamen Groot wegen seiner gut Einsneunzig, und das falsche Geburtsdatum wurde amtlich. Wohl tauchten von Zeit zu Zeit Gerüchte auf, Erich sei in Wahrheit ein Bastard des Bauern, im Suff gezeugt, jemand habe seine Mutter in Wesel getroffen, oder es hieß, er sei in den Wirren der letzten Kriegstage irgendwo entlaufen, man sehe doch, daß er einen Sparren habe, aber aus diesem Gerede folgte nichts, denn Bauer Bröntgen war reich an Boden, Vieh und Einfluß.

Nach und nach kehrten die Männer heim, sie betrachteten Erich mit Argwohn. Einer wie er brachte Unglück. Er war der Granatsplitter im Fleisch des kriegsversehrten Dorfes, ein lästiges Überbleibsel der schlechten Zeit. Aber da er nun einmal eingedrungen und nicht gleich entfernt worden war, wurde er verkapselt und von allen Seiten umwuchert, damit er wenigstens nicht wanderte. Wenn das Barometer allerdings fiel, spürte man ihn schmerzhaft. Lediglich die Kinder hatten ihn lange Zeit geliebt – wie den einäugigen Hund, dem sie Blechbüchsen an den Schwanz banden, Plastiktüten über den Kopf stülpten, wie die jungen Katzen, die sie aus der Dachluke warfen, um festzustellen, ob sie tatsächlich auf den Füßen landeten, oder wie die Frösche, die man bis zum Platzen aufblasen konnte. Es zogen Fremde ins Dorf, die in den Städten arbeiteten und neue Häuser mit gepflegten Vorgärten und gepflasterten Einfahrten bewohnten. Sie warnten ihre Kinder vor Erich, er wurde der, von dem man keine Schokolade annehmen durfte. Inzwischen nahmen auch die Dorfkinder nichts mehr von ihm, ließen ihn in Ruhe, einige rannten sogar davon, wenn er kam. »Weißt du, die anderen sind gute Menschen«, hatte Josepha gesagt. »Auf ihrer Seite steht der Herr Christus, und der Herr Christus ist stark, deshalb können sie uns festhalten. – Wir gehören nicht zu den Guten, Erich, wir müssen schon mit dem Teufel im Bund sein, wenn uns überhaupt einer helfen kann.«

Erich kannte den Teufel bis jetzt nicht, er fürchtete ihn auch, aber dennoch überlegte er seit geraumer Zeit, ob er, wo der Herr Christus ihn so offenkundig verstoßen hatte, sich nicht wenigstens diesen Schutz sichern sollte. In der vergangenen Nacht war sein Entschluß gefallen: Heute an seinem fünfundfünfzigsten Geburtstag wollte er den Teufel anrufen. Nach dem Hochamt hatte er sich wie zum Gebet noch einmal hingekniet, um dann, als alle gegangen waren, vor dem Bild der Heiligen Jungfrau eine geweihte Kerze zu stehlen. – Man mußte etwas Heiliges schänden und ein Verbrechen begehen, soviel wußte er. Die Katze Minka umschlich schnurrend seine Knöchel, wollte gestreichelt werden wie immer. Er kam auch manchmal in Gestalt eines Tieres, hatte Josepha erzählt. Ob er in Minka war? Erich brauchte noch Schnaps. Beim Bücken hörte er die Holzperlen seines Rosenkranzes in der Brusttasche klackern: Den hatte er wegen des Kreuzes eingesteckt. Der Branntwein zeigte allmählich Wirkung. Erich schwankte in Richtung Kuhstall. Das verdammte Katzenvieh folgte ihm auf dem Fuß, trippelnd wie eine eitle Mamsell. – Er mußte leibhaftig in sie gefahren sein. – Mit einiger Mühe kletterte er die Leiter zum Heuboden hoch. Hier hatten sie ihn anderthalb Jahrzehnte hausen lassen, obwohl die Knechtkammer schon damals freigewesen wäre – die ihm vom alten Bröntgen versprochene Kate hatte Adrian fein umgebaut und teuer an Zugezogene vermietet. – Unter ihm verströmten die wiederkäuenden Rindviecher ein dampfendes Behagen. Zwischen ihren warmen Leibern auf seinem Melkschemel über die prallen Nachmittagseuter streichelnd hatte Erich etwas vom Glück geahnt. Aber nicht einmal das hatten sie ihm lassen können. Jetzt mußte er statt dessen verchromte Stahlrohre mit inwendig pulsierender Gummimembran anlegen, die die Milch abpumpten wie aus einem Tankwagen. – Beidhändig rammte er die Kerze in einen Spalt zwischen den Holzbohlen und steckte sie an. – Minka hatte die Sprossen in wenigen Sätzen genommen, elegant, ganz ohne Mühe, ihr Fell glänzte heute besonders. – Scheißmaschine: Er war ein hervorragender Melker gewesen. Schnell und so gut, daß die Kühe unruhig wurden, wenn der Bauer selbst melken wollte. Die Anschaffung dieser Gerätschaften hatte ihn viel Geld gekostet und keinerlei erkennbaren Nutzen gebracht. Aber Adrian Bröntgen verabscheute ihn und wollte ihn damit an einer empfindlichen Stelle treffen. Hätte sein Vater nicht ausdrücklich verfügt, daß Erich Groot lebenslanges Wohnrecht auf genau diesem Hof habe, wäre er längst davongejagt worden. – Was schlich diese Katze so seltsam um ihn herum? Legte den Kopf kokett zur Seite, stupste ihn ... – unmöglich, daß sie – sie soll verschwinden! »Hau endlich ab!« – Erich setzte die Flasche an den Hals. Er bemerkte die Schärfe des Schnapses kaum mehr. – Senkrecht streckte Minka ihren buschigen Schwanz in die Höhe und präsentierte ihm ihre blaß rosafarbene Geschlechtsöffnung. Dabei sah sie ihn an mit einem Blick, wie er noch keinen von einer Frau geschenkt bekommen hatte.

Das Tier muß verrückt sein, völlig übergeschnappt.

Zögernd bewegte sich seine Hand in ihre Richtung, streckte sich ihr entgegen, selbständig, unter einem fremden Willen, tastete behutsam dieses weiche und zugleich gespannte Fleisch ab, das es geschehen ließ. Er hörte den satten Strahl einer pissenden Kuh begleitet von lautstarkem Ausatmen ins Stroh niedergehen. Minka rieb sich leicht kreisend an seiner Hand. Er nahm den Rosenkranz aus der Tasche, unwillkürlich wich die Katze zurück. Das war eindeutig. Er bespuckte das Kreuz. Als ob mit einem Mal ein Gesicht im Zentrum der Flamme aufflackerte und übermächtig emporstieg. – Rücklings hatte sich Minka ins Stroh gerollt und beleckte sich jetzt selbst vor seinen weit aufgerissenen Augen. Auf allen vieren kroch er zu ihr hin. Als er sich mit gespitzter Zunge zwischen sie beugte, traf ihn ein Hieb mit scharfen Krallen ins Gesicht. Er stöhnte auf. Seine kräftigen Hände faßten das Tier, da mochte es noch so zappeln und kratzen, und schoben es gewaltsam auf ein festes violettes Glied. Er stieß hart zu, Minka schrie ein jämmerliches Katzenschreien. Er verletzte sie, er riß sie innerlich auf. Sie blutete stark. Er zerrte ihr die Vorderläufe auseinander, daß sich die Gelenke geräuschvoll auskugelten. Knisternd flutete ein ungeheures Licht heran, umstrahlte ihn schon ganz: Er kam in sie. In eine nie gesehene lodernde Helligkeit. Zitternd griff er nach dem Rosenkranz und legte ihn dem wimmernden Tier um den Hals. Dann zog er zu. Zog lange über das letzte Zucken hinaus. Zog eine Ewigkeit. Zog, bis sich endgültig nichts mehr rührte.

Die Freiheit der beschriebenen Bögen

für Norvin Leineweber

Gestern dachte ich, es müßte etwas geschrieben werden. Eine Geschichte. Niemand erwartete das. Doch ich fand die Zeit reif. Welche Geschichte, wußte ich nicht, ganz unüberschaubar waren die Möglichkeiten, und das, obwohl ich die meisten Geschichten gar nicht kenne. Selbst aus denen, die mir zu Ohren gekommen sind, die richtige auszuwählen, war unmöglich: Mit welcher Gewißheit hätte ich behauptet, diese Geschichte hier, die ich erzähle, ist bedeutsam, die anderen aber sind es nicht. Deshalb begann ich mit einer Umgebung, in der sich die Geschichte später einfinden könnte.
Ich sitze an meinem Schreibtisch, um alles genau zu erzählen, so fing ich an. Was folgte, werde ich heute wiederherzustellen versuchen. – Warum? – Dazu später. Matt noch von der gestrigen Anstrengung, die eine unruhige Nacht nach sich gezogen hat, sitze ich jetzt erneut hier und erinnere mich. Einiges hat sich seit gestern ja nicht verändert: Ich wohne im fünften Obergeschoß eines siebenstöckigen Hauses. Ich kann weit ins Land schauen. Gestern war aber ein dunstiger Tag, deshalb mußte ich Dinge erzählen, die ich gar nicht sah, die ich nur weiß von den vielen klaren Tagen, an denen ich auch schon hier saß. Zudem rücken Gänge, die ich häufig durch das vor mir liegende Gebiet unternommen habe, von oben gewonnene Eindrücke zurecht. Vermutlich war es falsch, gerade heute morgen das Fenster

vor dem Schreibtisch zu putzen. Die schärfere Sicht verunsichert meine Erinnerung weiter. Ganz klar ist die Scheibe dennoch nicht. Da es sich um ein altes Doppelglasfenster handelt, hat sich zwischen den beiden Scheiben ein Schmierfilm gebildet, nicht gleichmäßig, Schlieren ziehen mit eisblumenartig aufgesplitterten Rändern mäandernd durch den hauchdünnen Zwischenraum. Ich frage mich, welche Unschärfe war gestern auf den Schmutz zurückzuführen, welche auf das diesige Wetter, und welche habe ich wegen der Klarheit des heutigen Abends bereits vergessen? Die Fensterbank ist aus minderwertigem grauem Stein. Rechts und links hängen braune Übergardinen. Auch gestern war das Fenster bis zum Ende gekippt, der Geräusche von draußen wegen. Doch jetzt dämmert es, so daß ich die Straßenbahn seltener höre, weniger Autos, andere Vögel. Ich blicke von meinem Platz aus auf die vielbefahrene Straße und die parallel dazu verlaufenden Straßenbahnschienen. Im Sitzen kann ich den Vorgarten unseres Hauses nicht sehen. Er besteht aus einer großzügigen Zierrasenfläche, auf der vom Hausmeister in diesem Frühjahr verschiedene Sträucher gepflanzt und zum Schutz vor der ständig wachsenden Kaninchenpopulation eingezäunt wurden, zwei Eschen, einer jungen Kastanie und einem Ahorn. Rundherum wird er von einer Buchenhecke begrenzt. Am linken Rand meines Blickfelds führt auf einer eigens aufgeschütteten Trasse die Autobahn, von Bäumen weitgehend zugewachsen, in die Stadt. Wüßte man um die Autobahn nicht, könnte der zunächst behutsam, endlich doch steil ansteigende Hügel für eine eiszeitliche Moräne gehalten werden. Zwischen Obstbäumen und Pappeln schlängelt sich ein je nach Wetter ockerfarben oder grau erscheinender Sandweg hinauf. Gestern grau, er war naß. Vergangenen Winter rodelten Kinder dort. Ein Junge raste mit seinem knallroten Plastikschlitten gegen den dritten Obstbaum und wurde vom Notarzt versorgt. – Ich kann den Weg kaum noch erkennen, so dunkel ist es bereits. Von den beiden Reihenhausblöcken vor den Pappeln und Obstbäumen, einmal vier, einmal sechs Abteilungen, sehe ich die beiden jeweils letzten Dächer, deren Ziegelfarbe unregelmäßig zwischen rot und braun wechselt. Gestern war alles verschwommen, zeitweise konnte ich die einzelnen Schindeln nicht ausmachen. Augenblicklich ist da ohnehin nur noch die Spiegelung des Laternenlichts in den Dachluken: Im Halbdunkel vor der Nacht eine größere und eine kleinere fahlorange Fläche. An die hintere Häuserreihe grenzen sechs Mietgaragen, auf deren mit Teerpappe vernageltem und an den Schnittstellen mit Bitumenmasse verklebtem Flachdach sich in zygotenförmigen Doppelpfützen – Zygoten im Zweizellstadium – ebenfalls Laternenlicht spiegelt, von einer anderen Laterne jedoch, einer weißen. Gestern mittag waren es trübe grüne Flächen, Details aus dem oberen Bereich des Hanges. Vor den Garagen die Wendeschleife. Drei Halbwüchsige spielten Fußball auf das letzte Tor, das, so der Tormann bezwungen wurde, unsicher schepperte. Es hat sich aber niemand von den Nachbarn beschwert. In dieser Wendeschleife endet die Straße, nachdem sie sich mit zahlreichen abzweigenden Sackgassen weit über das von mir überschaute Gebiet hinaus durch die Siedlung gewunden hat. In den ersten Arm kann ich noch hineinschauen, er schließt zwei weitere, allerdings neuere Reihenhausblöcke ans Straßennetz an. An dieser Kreuzung biegt die Hauptstraße nach rechts. Ich bin nicht in der Lage, ihren weiteren Verlauf anhand der Dächergruppen nachzuvollziehen. Die Dächer stehen in alle Richtungen. Rote Dächer, schwarze Dächer, graue, braune, mit verputzten Kaminen, gemauerten und gefugten, in der Farbe ihres Daches oder in jeder beliebigen anderen. Jedes Haus hat Platz für den gepflegten Vorgarten. Die beiden Doppelhäuser rechts der Wendeschleife und unserem Haus direkt gegenüber werden von den Eschen verdeckt. Daneben sehe ich auf drei freistehende, wiederum zweigeschossige Häuser. Ihre Gärten sind durch Mäuerchen und Tujahecken gegeneinander abgeschirmt. Auf die Hecke folgt jeweils eine Rasenfläche, die an einer gefliesten Veranda endet. Die Bewohner des ersten Hauses haben rustikale Gartenmöbel, einen gußeisernen Grill, zwei Kübel mit bunten Blumen und anderthalb Raummeter Kaminholz erworben, das winters im Wohnzimmer verfeuert wird. Über der Veranda wurde, von Balken gestützt, eine fünfteilige Plexiglasabdeckung gegen den Regen eingezogen, unter der eine ebenfalls fünfteilige Markise zum Schutz vor der Sonne ausgefahren werden kann, jede Bahn auch einzeln. Die Konstruktion ist oben mit dem jägerzaunbewehrten Balkon verschraubt. An dem Zaun hängen Fuchsien und Geranien aus grauen Kunststoffkästen, in den letzten hat der Hausherr zudem ein Deutschlandfähnlein gesteckt. Die Terrasse der Nachbarn hat keine Überdachung, lediglich das dunkle Balkengerüst wollten sie auch haben. Dafür befestigten sie an dessen Vertikalen Leitern für Efeu, der sich bis jetzt aber kaum vom Boden erhoben hat. Sie bevorzugen weiße Gartenmöbel und grillen nicht. Jedenfalls habe ich nie einen Grill gesehen und weder freitags noch samstags abends je Rauch über ihrem Garten. Ihr Balkon wurde mit grauen Querlatten verkleidet und trägt weniger Blumenkästen. Aber in einem Eimer wächst der letzte Weihnachtsbaum. Vom dritten Haus sehe ich nur die vordere Ecke des Balkons. Eine beigefarbene Hollywoodschaukel steht da neben einer Wäschespinne. Das übrige ist durch hohe Birken verstellt. Jetzt sehe ich von alledem natürlich nichts mehr. Sie haben die Rolläden heruntergelassen, daß nicht einmal mehr das Flackern der Fernseher nach draußen gelangt. Es folgen Dächer, von denen ich nur mit Mühe Reste zwischen Laub entdecke. Die letzten: ein schwachroter Fleck im Geäst. Dann der Wald. Schaut man auf das geschlossene Kronendach, scheint es, als sei dort ein wuchernder Urwald. Hätte ich ihn gestern zum ersten Mal gesehen, würde ich mich an eine Siedlung von Menschen am Rande des Walds erinnern. Feuchtigkeit hing darüber, der Horizont ging verloren. Vermutlich hätte ich den Schutz des Dorfes nicht verlassen. Gut, die Jahreszeit war günstig, ein Stoßtrupp hätte ausgerüstet werden können, um die Schneise für einen überfälligen Handelsweg zum Rhein freizuschlagen. Mit unseren scharfen Macheten wären wir vielleicht tausend Meter pro Tag vorgedrungen, immer Gewehre im Anschlag, denn nachts hätten Wölfe geheult, und gestern morgen waren wir auf die frische Spur eines Luchses gestoßen. Ein Bauer hatte erzählt, im vorigen Herbst sei seine Ziege gerissen worden. Die Hirschkuh, die Jost am dritten Tag schoß, bedeutete eine willkommene Abwechslung zum Konservenfraß, später rettete die Bache uns vermutlich das Leben, drei Tage vorher war das Corned beef zu Ende gegangen. Das Unternehmen erwies sich als unerwartet schwierig. Unsere Schritte schmatzen im Morast, jeder mühsamer als der vorherige. Wenn die Sonne scheint, haben unsere Kleider eine rissige Kruste aus Dreck. Jeden Abend suchen wir nach einer trockenen Anhöhe für das Lager. Die nassen Fackeln mit nassen Streichhölzern zu entzünden: ein tägliches Glücksspiel. Dreimal pro Nacht wechselt die Wache. Georg feuert ins Unterholz, als er trotz völliger Windstille kräftige Äste brechen hört. Myriaden von Mücken setzen uns zu, alle Männer sind völlig zerstochen. Wir überlegen, die Expedition abzubrechen. Jost und ich sind dagegen. Der Rückweg ist in jedem Fall länger. »Wenn wir den Fluß in drei Tagen nicht erreichen, müssen wir aufgeben«, sagen die anderen, sie sind in der Mehrheit. Dann plötzlich am nächsten Mittag zwischen den Bäumen die graue, träge dahingeschobene Wasserfläche. Der Rhein. Jetzt ist sein Stand niedrig, aber im Herbst und Frühjahr überflutet er den Wald bis an den Rand der Siedlung, so daß die Bewohner viele Tiere erlegen können.

Das war der Wald gestern. Ich weiß: Es ist ein manierlicher Sonntagswald. Am Wochenende spazieren erholungssuchende Familien und verliebte Paare kreuz und quer. Andere machen ihren täglichen Dauerlauf, dreimal pro Woche absolviert die Fußballmannschaft das Konditionstraining hier. Kinder verirren sich nicht, und man kann die Wege verlassen, ohne ins Dickicht zu geraten. Die Ameisenhaufen werden von Drahtgittern geschützt, an denen Informationstafeln zum Stellenwert der roten Waldameise im Ökosystem angebracht sind. Es gibt einen botanischen Lehrpfad, und verrostete Schilder warnen vor Wildtollwut. Zur Jagd wird nicht geblasen, zur Jagd auf was auch. Strommasten schlagen eine Diagonale durch die ganze Breite meiner Aussicht auf den Fluß zu. Ihr Abstand ist das Maß, mit dem ich die Tiefe des Waldes schätze. Auch sie wurden gestern vom Dunst verschluckt. Zusehends zog sich der Himmel da schon dunkelgrün zusammen. Eine Gewitterfront rollte heran.

So gut ich eben konnte, hatte ich alles aufgeschrieben, viele leichte Blätter voll blauer Tinte, weit mehr als jetzt, denn das meiste kann ich schon seit einer Stunde nicht mehr erkennen vor Dunkelheit. Aber auf morgen warten? – Das würde die Erinnerung nur noch weiter verfälschen, und wer weiß, ob nicht morgen unter strahlender Sonne ein anderes Land vor mir liegt. Ich dachte, eine Pause könnte gut sein und ich hätte sie mir auch redlich verdient, weshalb ich in die Küche ging, um Kaffee zu kochen. Die beschriebenen Bögen hatte ich auf dem Eßtisch vor der Balkontür abgelegt und die Balkontür geöffnet, damit der Zigarettenrauch abziehen konnte. Solange es nicht regnen würde, wollte ich auf dem Balkon sitzen und mir den Wind ins verschwitzte

Gesicht blasen lassen. Währenddessen könnte ich das Geschriebene noch einmal zur Hand nehmen, einiges möglicherweise streichen, anderes hinzufügen oder umstellen und manches für gut befinden, so dachte ich. Ich hatte bereits vier Löffel Kaffee ins Filterpapier geschüttet und öffnete gerade den Hahn, um Wasser in die Kanne zu lassen, als es geschah: Die erste ernsthafte Sturmböe brach durch das gekippte Fenster ein, sie wartete keineswegs in der Arbeitsecke auf mich, sondern stürzte gleich ins Zimmer, riß die Blätter auf dem Tisch an sich und mit sich zur noch weit offenen Tür hinaus, dieser dabei einen so wütenden Schlag versetzend, daß sie Sekundenbruchteile später ins Schloß krachte. Ich stand starr an der Kaffeemaschine, die Kanne voll Wasser in der Hand. »Hoffentlich ist das Türglas heil geblieben«, schoß mir durch den Kopf, ehe ich noch das wahre Ausmaß des Unglücks begriff. Als ich die Blätter sah, hatten sie die Balustrade bereits hinter sich gelassen. Übermütig tanzten sie in der wilden Luft, als seien sie unsäglich froh, dem trostlosen Stapeldasein in verstaubten Regalen entkommen zu sein, vor sich nun, statt der Aussicht, den Rest ihrer Tage links gelocht in Ordnern fristen zu müssen, das Leben. Sie schnitten mir unverschämte Grimassen, krümmten sich vor Vergnügen, schlugen aneinander, als applaudierten sie sich gegenseitig zur geglückten Flucht. Mein entsetztes Gesicht verspotteten sie noch mit Kopfständen und Purzelbäumen, dann ließen sie sich von einem heftigen Stoß hoch hinaufreißen, um abermals tollkühn in die Tiefe zu stürzen, gleich einem Möwenschwarm an der Küste. Der Regen löste bereits die Tinte, die Befleckung ihres reinen Weiß, dickere Tropfen rutschten als lichtblaue Rinnsale über unversehrte Zeilen, vereinigten sich mit anderen oder bildeten ein Delta, manche kippten auch während einer scharfen Drehung über den Rand und wurden wieder Regen, leicht eingefärbt. So aber sogen sich die Bögen mehr und mehr mit der Nässe voll, wurden erst wellig, dann wellig und schlaff, und die vormals scharfen Kanten, an denen man sich leicht die Fingerkuppe oder den Handballen hatte schneiden können, knickten bei den Zusammenstößen oder verklebten, während ihr Gewicht mit jedem Tropfen zunahm. Von der anfänglichen Unbekümmertheit blieb nichts. Beständig verloren sie trotz des stärker werdenden Sturms an Höhe, unaufhaltsam, ehe sie, schon ganz pappig und völlig verschmiert, in den schmalen, gemächlich dahinfließenden Bach auf der Rückseite unseres Hauses klatschten, wobei sie einen Reiher aufscheuchten, der dort Posten bezogen hatte. Da löste sich die verbliebene Tinte gänzlich, färbte ein wenig das Wasser, und die Fische hatten davon einen unbekannten, etwas widerwärtigen Geschmack im Maul. Bald zerriß das Papier zwischen den ins Wasser ragenden Wurzeln der Weiden, die am Ufer stehen, blieb an Steinen hängen, und prächtige, rotbäuchige Stichlingmännchen rupften Stücke zum Nestbau ab. Einige der mittlerweile ganz aufgequollenen Zellulosefetzen erreichen schließlich doch den Rhein, in den der Bach mündet, wo sie von den kleineren durch die Strömung verursachten Wellen oder von den stärkeren, die die Lastkähne und Schubschiffe hinter sich herziehen, an die Uferbefestigung aus grauschwarzen Basaltbrocken gespült werden, um bei dem derzeit niedrigen Pegelstand und der Hitze darauf festzutrocknen, bis im Herbst das Hochwasser kommt.

Frankfurter Verlagsanstalt

Ernst-Wilhelm Händler
Wenn wir sterben

SWR-Bestenliste Platz 1

»*Wenn wir sterben* heißt der am meisten gefeierte Titel der Saison.«
perlentaucher.de

»Die große Leistung dieses Buches, eines der wichtigsten, das in diesem Jahr erschienen ist, liegt in der Fusion von Kunst und Wirtschaft, von Dichtung und bitterer Wahrheit. Händler erfindet darin das Erzählen neu.«
Frankfurter Allgemeine Zeitung

»Ein meisterhaftes und provozierendes Buch.« *Die Zeit*

»Es braucht Bücher, wie das von Händler ... Händler knüpft an große literarische Weltentwürfe wie den von William Gaddis oder von Robert Musil an.«
Der Tagesspiegel

»Das macht die Größe des Buches aus: Es ist ein Roman, der es mit der Wirklichkeit aufnimmt, ein in der deutschen Gegenwartsliteratur einzigartiger Wirklichkeitszugriff. Durch eine Sprache, die kraftvoll, lässig, cool, romantisch, melodiös ist, mal geradezu umgangssprachlich, dann voller Pathos.«
Süddeutsche Zeitung

»Mit Proust'scher Präzision zeichnet Händler die psychischen Kollateralschäden des wirtschaftlichen Handelns bis in die feinsten Verästelungen nach.«
Neue Zürcher Zeitung

Ernst-Wilhelm Händler. *Wenn wir sterben*
480 Seiten. Geb. ISBN: 3-627-00029-3. 25,– h

Neue Literatur in der Frankfurter Verlagsanstalt